Trans+

Trans+

Trans+

Trans+

Strange & Mesmerizing

SM 32

我是恐怖小說家

和鬼故事一起成長的歲月

난 공포소설가

作者：全建宇（전건우）
譯者：莫莉
責任編輯：林立文
封面設計：萬亞雰
插畫繪製：J.hao
電腦排版：張靜怡
法律顧問：董安丹律師、顧慕堯律師
出版：小異出版
台北市 105022 南京東路四段 25 號 11 樓
TEL：(02) 87123898　FAX：(02) 87123897
www.locuspublishing.com
發行：大塊文化出版股份有限公司
台北市 105022 南京東路四段 25 號 11 樓
讀者服務專線：0800-006689
TEL：(02) 87123898　FAX：(02) 87123897
郵撥帳號：18955675　戶名：大塊文化出版股份有限公司

總經銷：大和書報圖書股份有限公司
地址：新北市新莊區五工五路 2 號
TEL：(02) 89902588　FAX：(02) 22901658
初版一刷：2022 年 6 月
定價：新台幣 350 元

我是恐怖小說家

나 공포소설가

和鬼故事一起成長的歲月

全建宇 전건우——著
莫莉——譯

目錄
Contents

致台灣讀者序

各位喜愛恐怖文學的台灣讀者，能用這本等同於自傳書的《我是恐怖小說家》與各位相見，著實非常開心，也萬分感恩。

當讀者們翻開這篇序文，想必會在心納悶「全建宇是誰？」各位即便心中抱持疑問，仍選擇了這本書，證明了你們心中皆懷有一份大膽的勇氣。因為喜愛恐怖作品的人們，共通點就是能提起勇氣、大膽挑戰陌生的事物。

我是一名韓國小說家，如同書名，我更是一名「恐怖小說家」，雖然不甚清楚台灣的恐怖小說出版現況，不過隱約能略知一二，因為全世界皆為相似的處境，韓國亦然。恐怖類型的藝術作品是不受重視的領域，尤其在小說可謂文學裡的邊疆地帶。即便如此，我還是日復一日撰寫恐怖小說，其原因為何，與我深愛恐怖類型作品的理由，全都毫無保留地寫進了此書，我相信讀者在閱覽的同時，一定能感同身受，對於喜愛相同事物的人們而言，國籍藩籬和語言隔閡是能輕易被消弭的。

我經常觀賞台灣的恐怖電影，最近所看的一部電影是《返校》，原先已接觸過其原作的電玩遊戲，因此對於改編的電影作品持有相當大的期待，果然不失我所望，《返校》可說是該年度我所看的恐怖電影之中最為優秀的作品。前幾年我也曾看過改編自台灣民俗傳說的《紅衣小女孩》三部曲，我透過這些作品了解到台灣與韓國對於「恐怖」、「靈異」等領域的詮釋方式，擁有許多相似之處，作品內的怨靈們大多有著悲傷的過去，並且比起殘忍的血腥畫面，更著重於氛圍的渲染。因此當我得知《我是恐怖小說家》一書即將在台灣出版的消息，感到格外的喜悅，因著兩國對於恐怖文化的見解相似，我相信讀者們能在此書找到許多共鳴。

此書我自童年時期開始自述，寫出自己如何愛上並深陷恐怖類型作品之中，我敢保證在閱讀的同時，有許多能讓讀者們大拍自己膝蓋「沒錯！就是這樣！」的時刻來臨。希望大家看著從貧困家庭中誕生的孩子，如何在經歷過許多毛骨悚然的事件後，從中成長、體悟，最後成為寫出駭人故事的小說家。

我經常明確地告訴眾人，現實比恐怖小說更可怕，無論小說內的篇章多麼恐怖嚇人，現實生活的恐懼與不安總是讓人更加無法招架。恐怖小說中的鬼魂，只要將書闔上就能消失；但下個月要繳的信用卡費卻是現在進行式，當我寫這本散文時也在在體會到這一點。希望每一位讀者翻開這本書，能以「愉悅」的心情，看看這位韓國小說家，藉由撰寫恐怖小說得到了何種喜悅與悲傷。

同時，我也由衷盼望，我筆下的恐怖小說有一天能分享給台灣的讀者，再次謝謝大家。

二〇二二年四月
於韓國，懷抱真摯之情
全建宇

前言

先跟各位讀者提醒，這本書的內文和標題有所出入，一點都不恐怖。如果你想追求下巴發顫、全身雞皮疙瘩、睡到夜半驚醒的書，請看我的小說。

這本書也並非探討恐怖題材對於文學界的影響，或包含偉大的藝術寓意，我明確知道自己沒有那種本事，再者，如果有那種時間，我寧願用來著墨於該怎麼用恐怖小說嚇人。

相信各位看到這裡會心生困惑，究竟這本書的內容是什麼？這個問題對於作者我也很難用一句話概括說明，要說是散文，真的能用幾個字就引起讀者的共鳴嗎？把這本書歸類在人文學又更加荒謬，歸類於自我開發，似乎又言之過甚，嗯……不如稱之為「情書」好了。

舀起一匙對於思慕之人毫無保留的心意，加熱到適當溫度，巧妙地調配理性和感性的孰多孰寡，宛若一份炸雞有著一半原味、一半醬料，又像一碗麵有著一半海鮮辣炒麵、一半炸醬麵的黃金比例。將這些完美的配方寫成一封完美的情書，信裡對於摯愛的對方有著說不盡的讚美與歌頌——因為你讓我的人生改頭換面、從此光鮮亮麗——還要加上能賺人熱淚的感動祕方。

因著這些準則，這本的確是情書無誤——甚至堪稱情書的教科書。

我從兒童時期到要擔心貸款的大叔，數十年如一日、至死不渝、忠心耿耿地熱愛著恐怖小說。我愛它已超過三十年的時間，猶如命中注定踏入恐怖小說世界，我的滿腔熱血不曾遇過阻礙……就算有又如何？愛情不就是出現考驗才會奮不顧身嗎？

說起阻礙，讓我想起自己常被問到「你當初怎麼會喜歡上恐怖題材？」或是「你究竟是因為什麼契機成為恐怖小說家？」以及「要怎麼做才會喜歡恐怖題材？」

第一個問題是「怎麼會」、第二個是「究竟」，第三個是「怎麼做」，雖然不常被質疑，但我已經熟知這些問題的脈絡，當然也明白提問者並非出於惡意，這些問題比起批評，更多的是好奇。恐怖小說都是陰森森、黑漆漆，冷血殘忍、與現實脫節的幻想內容，更是在韓國非主流中的非主流題材，當一般人遇到恐怖小說家，自然抵擋不住滿腹的好奇心。

每當我被問到這些問題，我都會用「吃辣」和「雲霄飛車」做比喻。辣的食物對於某些人來說是痛苦的根源；但對某些人卻是舒緩壓力的食物。像我對於雲霄飛車非常反感，我的妻子卻非常喜歡，能夠一坐再坐，她喜歡坐雲霄飛車時身體騰空躍起的刺激感，我卻非常討厭那種浮在空中、無法控制的不安。相對地，我喜歡探索顫慄，所以愛好閱讀恐怖小說，也創造出屬於我的恐怖小說。

因此，這單純只是喜好問題。與大多數人雷同，所謂喜好往往源自於小時候的成長環境。從小，我們家的書櫃就有著滿滿的恐怖懸疑書籍，從父母到親戚，每個人都像比賽選手一樣，個個都是鬼故事高手，所以從那時起，恐怖題材就在我的心中深深扎根、茁壯。

一如前面所說的情書準則，這本書寫盡了我自小對恐怖題材的熱愛與回憶。當我第一次接到出版社的提案，直覺認為要寫小說的時間都不夠，還要寫這種東西？立刻想要委婉拒絕。可是內心對恐怖題材的狂熱卻讓我猶豫了。說不定，我對於恐怖題材還有小說以外能發揮的地方……於是答應了提案。這幾年我不斷產出恐怖小說，自認對於恐怖題材的愛已經表達得淋漓盡致，但是，當我在寫這本書時有了全新的體悟。就像情書寫得再長再多，對於對方的愛意仍源源不絕，我對恐怖題材亦同，光用小說無法傾吐得淋漓盡至的愛意，便將全部投注在此書中。

我到現在還是會發現自己被歸類在非主流小說家。解決的方法呢，第一是我放棄當恐怖小說家，第二是我的小說登上暢銷榜，不然這標籤恐怕永遠揮之不去。只是這兩件事短期內很難實現，看來我暫時還是得貼著這個標籤了。恐怖題材沒有落在——我本來想用『掉出』，可是畢竟恐怖題材排名不曾在前段班，所以也沒有掉出或落入這件事——主流領域的原因，單純因為它全是描述黑暗的故事。恐怖題材並非懸疑推理，無法得到解決案件的快感。如果說懸疑推理是一般黑巧克力，那麼恐怖小說就是純度百分之九十八的極黑巧克力，又苦又澀、痛苦難耐，但即便這樣，還是有人喜愛著它，這本書就是為了「因為這樣所以愛它的人」寫的書。那些透過黑暗學習到人生光亮的人、大方接受自己是非主流的人、還有能夠大方坦承自己喜歡恐怖小說的人，這是為了這些人而誕生的書……

我再次提醒讀者，這本書一點也不恐怖——大概是我寫的書中第一本不是被放在陰暗偏僻的小角落、而是明亮開放書架上的書籍。反正這就是本情書，只看前言的書店店員如果把它放在愛情散文的書架上，我會打從心底感激……雖然明知道一切只是妄想，不過我由衷希望讀者能透過這本書更加了解恐怖題材，體會隱藏在恐怖情節中那些讓人喜愛的橋段。

書寫深愛的事物是件快樂的事，但同時也令人緊張萬分。這本書融合了我的歡愉、愛戀與不安，希望各位讀者能喜歡這本對於恐怖題材有著獨一無二情感的情書。

《傳說的故鄉》與《科學怪人》

國小二年級時讓我迫不及待的電視節目就是《傳說的故鄉》[1]，雖然就十歲孩子來說，我也喜歡有著超能力的恐龍掃盪地球壞蛋的故事，或是全世界最喜歡的人就是媽媽的少女奮鬥故事。但當時的我自詡比同齡孩子早熟，因此能滿足我的節目唯有《傳說的故鄉》。

《傳說的故鄉》是名符其實的綜合福袋，就像過年過節親戚會發送的那種禮物。因為怕不小心一次吃光，還會藏進媽媽的小櫥櫃深處。綜合福袋囊括了孩子的夢想與希望、最甜美的誘惑與蛀牙危機，是種種驚喜一次擁有的禮物。看著《傳說的故鄉》讓我學會：如果有人食言或傷害他人，必定會遭受處罰（因此我成了個誠實的孩子），而且任誰都有自己的苦衷。節目中還有觸人心弦的感動故事，也有令人捧腹大笑的橋段，節目裡喜怒哀樂樣樣不缺，儼然是個闔家歡的綜合福袋。而我喜歡《傳說的故鄉》最重要的原因，換句話說，即是這綜合福袋裡的頭獎——「鬼」。

我反覆思索數次，若是將靈異元素自《傳說的故鄉》中去除，那麼，該節目大概會成為失去靈魂的一具空殼吧。

《傳說的故鄉》每一集幾乎都有帶著不同苦衷的鬼魂出現，因此在我腦海建構了「傳說等同鬼魂」的想法。當時我年紀還小，仍會怕鬼。《傳說的故鄉》裡出現的鬼魂雖然有著各式各樣的故事，長相卻大同小異——留著一頭長髮、面目蒼白，嘴角掛著一絲血跡，身穿白衣。即使有時會加上細長的指甲或像九尾狐的尾巴，但差不了多少，一樣非常嚇人。

1 第一期於一九七七年播映，以短篇電視劇的方式呈現，講述流傳於韓國民間的古老鄉土怪談。

做為《傳說的故鄉》的忠實觀眾，向來能敏銳察覺到鬼魂即將出現的時間點。當長得弱不禁風的書生要推開窗戶、或是商隊中有人落單、跌落山谷，夜半在山間徘迴，或主角為了趕路，太過匆忙錯過落腳處——就是孤魂野鬼要登場的時刻。每當那種時刻來臨，幼小的我會獨自默念著「拜託別開那扇門、拜託就在這間住處過夜吧。」不過我尚未理解這正是編劇用心良苦之處。

當緊張時刻逼近，我的心跳就開始加速。我會用雙手環抱縮起的雙腿，把身體蜷成圓形，外表看上去就像穿山甲，全身肌肉緊繃，直至臀部肌肉抽搐、後頸僵硬如石。我會握緊拳頭，用力抿著嘴，以免等會兒控制不了放聲尖叫。

當我用這種方式迎接恐怖畫面，電視機便會響起陰森的背景音樂，微風掃過晃動的燭光，原本皎潔的明月頓時被烏雲遮蔽，恐怖氛圍的鋪陳在此時此刻達到最高峰。我咬緊牙關、屏住呼吸——現在！就是現在！當那個書生、當那個商人轉過頭……

登愣！

嘴上說自己不害怕的十歲少年，在鬼魂出現的當兒，會以光速躲到媽媽的懷中。不過他不會閉上雙眼，雖然既期待又怕受傷害，但是好奇心永遠贏過恐懼一小步。緊抓著媽媽的手，熬過無數個恐怖畫面的我，還不知道這一小步的好奇心將徹底改變我的人生。

鬼魂們時而帶著兇狠的表情訴說冤屈，時而大聲斥罵。有時又會露出一臉溫順，緩緩傾吐心聲。這些「冤屈」對於小學生來說有著極大的說服力，聽得我頻頻點頭稱是。舉例來說，當看到害死自己的人沒有半點悔意，還吃好穿好活在人世間，就算生前再怎麼溫文儒雅，還是會變成惡鬼來討債。犯錯的人必須付出代價，冤魂才得以安息——這就是《傳說的故鄉》的中心思想。熟知這個寓意後，電視機的鬼似乎不再只是恐怖，甚至讓人覺得心疼萬分。漸漸，《傳說的故鄉》似乎也不那麼嚇人了。然而，就在某一天，我在毫無防備之下遭遇了前所未有的終極恐怖經驗。

那時正值盛夏，我想不起究竟是颱風天還是梅雨季，只記得外頭大雨滂沱，像上天忘記關上水龍頭般不停轟炸著地面。看著不停落下的雨滴，我只能對天祈禱。**神啊，如果祢真的忘記關水龍頭，現在鎖緊也不遲**。但是上天似乎太忙了，忙得聽不見我的禱告，簡直破紀錄的雨量不斷落下，失控的大水也默默淹入家門。

我們家有六口人。父母、我，還有三個弟弟。最小的弟弟是剛出生的嬰孩。當時我們住在一九八〇年代常見的多世代住宅，房東住在二樓，一樓區分為很多房間，由各式各樣的房客租賃，我們就住在其中一間房。房間與外面只有單薄的黑色門檻當間隔，門外的混濁黑色泥水不斷上漲，一波波逼近我們家，廚房兼浴室兼玄關的狹小空間瞬間就被水淹過，原本放在地板上的臉盆漂起。我在長大後才知道，當時因為暴雨襲擊，家裡附近的水溝堵塞，因而造成大淹水，幾乎淹過當時位在低窪地區的我們家。看來，越貧窮就越靠近地底的現象無論多年前或現在都是一樣。

家裡淹水時，我一點忙都幫不上，更別說我的三個弟弟。爸媽奮力拿臉盆將水往外舀，但無論舀出去多少，水就灌回來多少。人與大自然的抗戰不斷持續，當時我焦急地看著淹進來的黑水，摻雜汙泥的滾滾波濤彷彿擁有生命，猶如虎視眈眈想將我們家淹沒的惡鬼。我咬牙忍著因過度害怕幾近迸出的眼淚。因為如果我哭了，弟弟一定也會哭成一團，身為貧窮家庭裡四兄弟的長子，就算再年幼，該做與不該做的事無須教導，都能在無形之中深刻理解。

不知道過了多久，雨滴開始變細，原先不斷湧進的黑水也逐漸疲弱，水慢慢消退。直到此時，爸爸媽媽才得以挺起腰桿，笑著叫我們別擔心，再繼續舀著剩餘的積水。最後，雨總算停了。我聽到黑水口吐咕嚕嚕的聲響離去，便打開房門。街坊鄰居一個個停下手邊的臉盆、水杓，一臉疲憊不堪，一同望向天空，眼前這場景直到現在還深刻留在我腦海中。

那天晚上，爸媽打掃完髒亂的廚房兼浴室兼玄關後，便一股腦兒倒下去呼呼大睡，全家只有我獨自清醒，等著《傳說的故鄉》播映。雖然那天和黑水奮鬥了一番，整個人筋疲力盡，但我仍不能放棄看《傳說的故鄉》的機會。不知道是否因為大雨過境，電視收訊不良，我轉了好幾次天線，才順利打開電視。

經歷千辛萬苦，我坐在關了燈的房間裡迎接《傳說的故鄉》。今天是妻子為了救活長年臥病在床的丈夫、因而四處奔走的故事。一看到開頭我就失望萬分。通常這種類型的故事不會有鬼魂登場，所以就沒有可看價值。因為「傳說等於鬼」，那麼，沒有鬼出現的《傳說的故鄉》就不是《傳說的故鄉》了。緊接著那個愛多管閒事的和尚便出現，再來的發展不用看也知道，和尚一定會說，只要施主潛心修佛……

咦？似乎有些不對勁，愛管閒事的和尚沒有說出萬年不變臺詞，竟然要她去挖墳墓，把死人的腿切下來給丈夫吃？聽到這句話後，整個故事打破我那狹隘的想像空間，高速超展開奔往未知的境界。《傳說的故鄉》裡最常出現的是鬼魂，再來就是屍體，單是屍體就足以刺激小學生對於恐怖的好奇心，因此我決定繼續看下去。

劇中的妻子在苦惱多時後，終於拿起廚房的菜刀往山裡去——時間當然是夜半——背景音樂傳出《傳說的故鄉》每集必定出現的貓頭鷹叫，嗡嗡嗚迴盪在漆黑的山林間，我不知不覺握緊拳頭。半夜、山林、貓頭鷹，這三元素可謂一種信號，預示某種可怕詭譎的事即將發生。然而，幼小的我對此毫無頭緒，猜不透鬼魂在這個故事裡究竟會以什麼方式出現。

妻子下定決心挖開了墳墓，打開棺木與屍體對望片刻——然後將一條腿切下、轉身就跑……接著，十歲的我即使已經看過無數集《傳說的故鄉》，仍經歷了人生前所未見、超乎想像、衝破認知的終極恐怖——

那個被砍了一條腿的屍體竟然巍顫顫跳起來，起身追逐那個妻子！

嘴裡還高喊著——

「把我的腿還來！」

天哪！當時給我的衝擊……當我看見它的臉孔，立刻心知肚明這是我無法承受的恐懼，它所帶來的恐怖超越一般鬼魂。那個死人彷彿朝我直奔而來，腐爛的脣間高喊出的怨聲已不只是迴盪在山林間，而是在我們家各個角落。

「把我的腿還來！」

我感受到的恐怖遠超心靈能承受的程度，雖然想關掉電視，可是當時沒有遙控器。如果我要逃離死人的追擊，就必須更靠近它。我完全沒有那種勇氣。明明是電視裡的妻子砍了它的腿，死人卻朝著我大吼大叫。追逐場面比想像中漫長，那個勇敢的妻子緊抓著一條腿，奮不顧身地逃命。

「把我的腿還來！」

好像是在死人大喊第三還是第四聲時，我終究按捺不住恐懼，哭了起來。我將頭深埋在棉被裡頭，可是四面八方圍繞我的恐懼卻未見消散。因為恐懼某物而大哭的經驗，是我人生中第一次也是最後一次。我雖滿腹尿意，卻連站都站不起來，我的世界陷入一片黑暗荒涼，剩我獨自被留在原地，眼前所見皆被湧入黑水包圍。一拐一拐的死人快速奔向我，彷彿只要再前進一步，就會躍出螢幕、朝我撲來。

就在此時，一雙溫暖的手輕撫我深埋在棉被裡的頭，也溫柔地拍拍我的背。

「沒事了，沒事。」

是母親。

我掀開棉被，緊緊抱著母親。母親的懷中好像有著能誘發眼淚的開關，當我一投入她的懷抱，便開始嚎啕大哭，有如那天下過的暴雨般傾瀉而出。

「媽媽，我好害怕。」

這句話我忍了一整夜。打從家裡被黑水淹沒——不，甚至是從大雨開始肆虐時我就想說了。但因為我是應該要成熟懂事的長子，所以只能隱忍在胸口，當我說出「好害怕」三個字，眼淚再次迸發，且無法輕易停止。母親在我哭的期間沒有出聲說話，只是不斷輕撫我的後背，她沒有問我害怕什麼，也沒有問怎麼哭得這麼厲害，只是彷彿知曉一切地安慰著我。

稍微冷靜下來後，我小心翼翼地瞥向電視機，那個叫喊著「把腿還來」的死人已經消失。只見妻子打開鍋蓋，湯裡浮著一根巨大的山蔘，丈夫喝下山蔘湯後，隨即從床鋪起身，滿臉紅光、神采奕奕地看向鏡頭。

哭了好一陣子的我此時也像那個丈夫一樣抹去眼淚，不再哭泣，內心深處曾有的某種糾結似乎也逐漸鬆開。雖然周遭毫無變化，我們家一樣是那麼貧窮，一家六口住在一間房，每當下雨還是會淹水。但我不再害怕了。對那時的我來說，沒有什麼比「把我的腿還來」的死人還恐怖。就算有，只要擁抱母親，一切都能迎刃而解。大約從那時，我漸漸明白，當你成功克服恐懼，便能感受到前所未有的解脫。

我們家除了一個房間外，還有個堆滿雜物的閣樓。那座閣樓就是藏寶庫，我和弟弟有時會在閣樓探險，經常能在裡頭找到珍貴稀奇的物品。藏寶庫裡，數量最多的物品就是書，我的父母相當喜歡閱讀，因此一直以來收藏的書籍都安放在閣樓內。

我不像一般早熟認真的長男那樣，是很慢才學會認字的。甚至國小（當時稱為國民學校）一年級時完全不識字，直到上了二年級才能慢慢讀通教科書的內容。自從識字後，我的視野提升到另一個層次，開始看起家裡的書籍。第一本整冊讀完的書是世界偉人傳記系列中的棒球之神貝比魯斯傳記。雖然不知道當時為什麼選了這本書看，不過內文相當有趣（也幸好我在釜山出生，一出生就是樂天巨人隊的球迷，所以熟知棒球規則）。之後，我只要一有空檔就會找書來看。閱讀興趣逐漸高張的我很快把房間內的兒童讀物全都看完，注意力當然就轉移至閣樓，因為那裡可是藏寶庫啊！

閣樓藏書裡最吸引我的就是母親的書。那裡有阿嘉莎．克莉絲蒂、柯南．道爾、愛倫坡、艾勒里．昆恩等作家的書。

——沒錯，我的母親是個徹頭徹尾的懸疑小說迷，對於自小就是《傳說的故鄉》忠實影迷、經歷過「把腿還來」的終極恐怖外加深刻體會克服恐怖後的解脫的我，書名裡有「XX殺人事件」的作品簡直就是自帶光芒的寶藏，帶領我前往未知的國度。我接受命運的引渡，一腳踏進阿嘉莎．克莉絲蒂的世界，遇見了赫丘勒．白羅神探，一起動了動灰色的腦細胞；夏洛克．福爾摩斯更成為我人生中第一個英雄。那是一段相當快樂的時光，老舊的書本印製了細小的直式文字（甚至還是在泛黃的紙上！）我每天踏著開開心心的步伐去找書看，當同齡的朋友還在看長瘤的老公公寓言發笑，我則沉浸在毒殺、絞殺以及破解密室殺人事件的快感中。

有一天，夾在阿嘉莎・克莉絲蒂和艾勒里・昆恩的小說間，有一本書吸引了我的目光，那就是《科學怪人》（*Frankenstein*）。雖然我從未聽過這本書（在我印象裡，它的封面看起來像某種發光的天使），但是當我自書櫃上拿起它，腦海就在瞬間閃過一句話：就是它了！我當時已是瘋狂的懸疑小說書迷，內心逐漸渴望閱讀更深層、更黑暗的故事，即便買不起學校前面書局賣的《世界妖怪圖鑑》，但我對於怪奇的未知領域有著濃烈的好奇心。當時我雖然只是個小學生，不過對於一本書好不好的直覺非常準確。「科學怪人」這個書名即使陌生，但直覺告訴我，它一定夠恐怖。所以我放下手邊正在閱讀的瑪波小姐[2]，轉戰《科學怪人》。

我的直覺沒有錯。

《科學怪人》真的很可怕。

自此之後，即使我看過不少怪物書籍，其恐怖程度卻都比不上《科學怪人》帶來的衝擊。這本書篇幅不長，我在一天內就閱讀完畢。偏偏，當我讀完時正好是《科學怪人》世界觀開始的時間——夜色朦朧，夕照緩緩被黑暗吞噬。日後我才知道，這正是「哥德式小說」的特徵。但是，當我第一次翻開《科學怪人》，懵懂無知的我冷不防地被冷颼颼的月夜籠罩，窗邊彷彿隨時會透出怪物的身影。

那股恐懼跟隨我入夢。在夢中，我是被譽為天才的國小二年級學生，也是《科學怪人》的科學家。我肢解屍塊、組裝成怪物，只要按下一顆按鈕，怪物就會從床上跳起。夢裡的我進行著一項實驗，卻發現床上的怪物少了一條腿，儘管四處尋找，也找不到那條腿的下落。不過我不假思索、逕自按下按鈕，於是甦醒的怪物睜開雙眼、發出大聲吼叫。

---

2 Miss Marple，阿嘉莎．克莉絲蒂筆下的偵探角色。

「把我的腿還來！」

讀完《科學怪人》後，我常做類似的噩夢，並在凌晨驚醒。那個被科學家製造出來的怪物面露可憐孤獨的神情，在我腦中揮之不去。

不過我沒有因為被噩夢折磨而喪志或悶悶不樂，或許，正因為我沒有因此抗拒恐怖題材，才能成為恐怖小說家。我選擇改變噩夢帶來的副作用。由於我的噩夢結合了《傳說的故鄉》與《科學怪人》的內容，一篇有頭有尾的鬼故事便在我腦海逐漸成形。

由於故事逐漸清晰，使我不禁想找人訴說。由於弟弟都還年幼（最小的依然還是嬰兒），我的思緒移轉到同學身上。與我同齡的孩子個個單純天真，人生與連續殺人魔或毒殺、怪物等怪奇事件根本處於兩個世界。我將同學聚集起來，開始說我的第一個「鬼故事」。我選在午餐時間，大家吃飽飯正要出去玩，我告訴他們我有個有趣的故事要跟他們分享，並在同學毫無防備的情況下，不急不徐但是快狠準地說起鬼故事。

那個鬼故事融合了「把我的腿還來」和「屍體拼湊的怪物」兩個元素，成功合併《傳說的故鄉》與《科學怪人》的詭譎氣氛，塑造出既恐怖又驚悚的鬼故事。

我清楚記得，同學的表情隨著我的鬼故事情節高低起伏而轉變，他們一個個緊握著拳頭，神情緊繃，即使害怕地緊摟在一塊兒，但直到故事完結都不曾離開位置。

當故事進行到用屍體拼湊的怪物大喊「把我的腿還來」的高潮，甚至有幾個女同學眼角帶淚、放聲尖叫。我當時之興奮，完全無法用言語表達。原來說故事給他人聽是這麼快樂的事。同學聽完故事，有人嚇得惱羞成怒，甚至揚言以後不要再跟我玩。可是一到隔天，又主動湊到我身旁，吵著要聽故事。

「你沒有其他的鬼故事了嗎？」

「我要聽比昨天更恐怖的鬼故事！」

我當然是有備而來。當我嘗到講鬼故事的快感，根本無法抑制想構思新鬼故事的念頭。上學前一晚，我都在絞盡腦汁編排更加恐怖驚悚的鬼故事。

我創造了一個為了抓九尾狐遠赴北極的和尚（當時我甚至不知道北極在哪裡）的故事。九尾狐，北極，還有愛管閒事的和尚，這三個八竿子打不著的元素，卻又讓我締造了另一次成功。反正小學生的知識範圍相當有限，只要夠恐怖、夠有趣，任何題材都可以是成功的鬼故事。

每天午餐時間上演的鬼故事時間使得原本只知讀書的害羞男孩有了自信，講故事的技巧更是日益精進。無論說再多的鬼故事，我的創作泉源仍豐沛湧出，因為那座閣樓藏寶庫有著取之不盡的故事題材。有一次，我在閣樓裡尋找靈感時，發現了父親收集的《讀者文摘》，每本小小的雜誌都刊登了類似都市怪談的小短文，我的內心真是雀躍無比。自此之後，我靈活運用《傳說的故鄉》、《科學怪人》以及都市怪談的元素，不斷編寫出獨一無二又異想天開的鬼故事。

那說不定是我人生中的第一次成功，也是我第一次得到認可的經驗，我甚至在國小二年級寫出人生中第一本推理小說。那段日子無庸置疑是我人生的文藝復興時期，而這一切都要歸功於《傳說的故鄉》和《科學怪人》兩部作品。

「恐怖題材」在我人生階段可謂擁有了一個美好的序幕。透過恐怖，我獲得了快樂。我的命運或許就從那時譜出了脈絡，雖說我年過四十才剛開始相信命運，可是此時此刻，回顧當初，的確一步步都是命運無形的安排。即便如此，當時愛好閱讀恐怖讀物的我還只能算是書迷，離恐怖迷還

廢墟探險

升上六年級後，我們家搬到了Y市。光是在我就讀國小的期間就搬了六次家，大多是因為房子租約到期，或是為了搬到更大的房子，也常因為父母通勤距離等等因素頻繁搬家。因此，我幾乎每個年級都要面對認識新同學的不可能任務。不過人生就是如此，一回生二回熟。當經歷第四次搬家，也就是我升上國小四年級，我的轉學生自我介紹開場白已相當純熟老練，一下子就能讓大家擁有好印象。再者，我還有個祕密武器——更精準來說是必殺技。

就是**鬼故事**。

沒有一個小學生會討厭鬼故事，越是高年級，越喜歡鬼故事的刺激快感，十幾歲出頭的年紀正是對恐怖題材好奇心旺盛的時期，對任何故事都沒有忌諱，可是相反的，那又是最膽小的年紀。韓國影視分級用十二歲或十五歲當分界點，當然事出必有因。學校前面書局架上的《世界十大恐怖傳說》、校內圖書館裡《恐怖特輯》，那些書的書皮都發皺脫落，全都不是偶然。而這些對於恐怖題材深感好奇的孩子長大後都到哪去了呢？我經常看著銷售數字低迷的恐怖小說（尤其是我的），心中懷抱著這難解的疑問。

總之，要在短時間內引起同學的好奇心，甚至躋身風雲人物的捷徑，就是鬼故事。

一開始必須看似若無其事般地開啟話題，宛若純愛電影般靠著窗臺，跟對方說「你有聽過一個故事嗎？」大部分的人看到轉學生上前主動搭話，並說出這般不尋常的開頭，必定會心生好奇。

再來是選擇對象的重要性，必須從反應夠誇張、並且在班上很活躍的同學下手。下課鐘一敲響就是遊戲開始的時刻。話題先從這間學校問起，旁敲側擊地切入，再快狠準一擊正中紅心。

「可是你們學校沒有傳說嗎？」

絕不可能沒有，無論是一到夜晚會開始巡查的鬼警衛，還是柳寬順[3]烈士畫像的謠言，甚至是校園內李承福[4]雕像的傳聞，每間學校都有屬於自己的鬼故事，一旦我發問，回答八九不離十，都是同一句話。

「當然有啊！但大家都說只要知道了就會死掉。」

「真的嗎？我以前就讀的學校校長，聽了超過一百個學校傳說才過世耶。」

雖然對於活得好好的校長感到抱歉，但只要聽到我這樣說，每個人都會瞪大雙眼、吞嚥口水，屏氣凝神地等待下一句話。真的有人能夠在知道學校所有的鬼故事——甚至高達一百個後才過世嗎？甚至還是高高在上的校長？所有小學生都會對這樣充滿誘惑又帶有危險的魚餌產生興趣。

「真的嗎！你怎麼知道的？」

此話一出，釣魚遊戲正式結束。我立刻講起以前學校內流傳的幾個鬼故事，並用自己的方式加油添醋，講給每條上鉤的魚兒聽。曾在學校捕殺過蛇類的警衛大叔算是固定人物，但在我的故事裡，警衛大叔不只會抓到蛇，還會勇猛地和棲息百年的蛇神交戰。我每次的鬼故事總不斷進化與成長，每則故事也不會是一樣的起承轉合。

在短暫的下課時間，我多半三言兩語帶過短篇的故事——因為午餐時

3 유관순（1902-1920），韓國日治時代獨立運動家。

4 이승복（1959-1968），九歲時因說出反共言論遭朝鮮突擊隊殺害，然而也有一說是李承福並非真實存在的人物，這起事件只是宣傳。

間才是重頭戲登場。漸漸，一傳十，十傳百，想聽我說鬼故事的同學越來越多，每到下課時間，我周遭總是擠滿了人。

「在講鬼故事嗎？」

「真的嗎？是騙人的吧？」

「你們聽鬼故事晚上會做噩夢！」

在一旁看戲的人總想潑冷水，但他們眼中的渴望我比誰都瞭若指掌。就像辣味會使人上癮，鬼故事也是相同道理。一旦嘗過箇中滋味，就會讓人欲罷不能，只會隨著時間越陷越深，總想再聽更恐怖的、更光怪陸離的。最後，每一個人都想聽我說的鬼故事。

六年級時，我轉學到了Y市市郊附近的純樸村落，當時我已練就一身講鬼故事的功夫，無論是說鬼故事的技巧，或腦中的故事存量，都達到前所未有的等級。能夠發展至此，也因為父母和親戚的幫助。我的父母都是說故事高手，他們兩位的人生歷練絕對能寫出一部長篇小說，無時無刻有著源源不絕的故事可說，那些故事裡都有足以讓小學生心驚膽戰的篇章。而我的親戚——尤其是姑姑到我家拜訪時，更是奇觀中的奇觀。有次正好是盛夏之夜，大家聚集在客廳一起講鬼故事，眼前的場景詭異又好笑，大人與小孩不分你我坐在一起，就像競賽般每個人講著不同的鬼故事，單單一個晚上就能聽到各式各樣孤魂野鬼的冤屈與怪談。

大人通常都很晚才加入聊天，弟弟們早已撐不住睡意，一個個睡去。但我沒有，我硬撐著眼皮，抑制著打呵欠的欲望看著大人，他們一開始會問候彼此，慰問著各自家中拮据的現況，談話中夾雜著對現實的嘆息與無奈。不久後，會有人這樣說：

「可是有一件事很奇怪——」

或是這樣。

「你記得我上次說的那件事嗎？」

這就是大會開始的信號。那一秒，我的睡意瞬間一哄而散，坐挺了身體，滿心期待接下來的刺激快感。

大人的鬼故事大會有時會持續至凌晨，對於小學生而言，那股倦意既龐大又難以承受，但現場聽鬼故事的快樂是電視與書籍無法帶來的真實與直接，因此，出自對於這份快樂的追求，我可以戰勝睡意。看來我對於許多事物的執著就是從那時培養成的。

在大人鬼故事大會的培訓下，我的講故事技巧和對鬼怪的知識寬度與深度也得到快速的拓展。我在讀小學的期間沒補過習（雖然更正確的說法是「沒錢上補習班」），不過我的早期教育卻非常扎實——確切說來，其實是成為恐怖迷的早期教育。

我走在六年級轉進的新學校內，遊刃有餘、自信滿滿。這間鄉下學校的學生對於鬼故事的認知只停在「金敏姬怪談[5]」或「香港婆婆」等大眾普及的鬼故事。我講的鬼故事使得純樸無知的他們一個個嚇得心臟落拍、胃部抽筋，看著他們瑟瑟發抖，我露出心滿意足的微笑。這間學校規模較小，每個學年只有兩班，因此，我這個鬼故事大師的傳聞很快就在校園內傳開，只要到午餐時間，隔壁班的同學都會擠進教室，聽我講鬼故事。

不過問題來了。這裡是Y市的偏僻鄉下地區，能感受真實恐懼的地方比比皆是，都市裡的恐怖場所頂多是半夜的校園或是暗巷，但這個村落有茂密的樹林、後山，還有墓地和水庫，同學自小就在這些地方打轉，晚上如果幫父母跑腿，還得要走上十幾分鐘小路，路上沒有一盞路燈。因此，

5 韓國一九九〇年代曾盛行的靈異傳說，相傳韓國紙鈔與硬幣上能找到一名小女孩的部分身影。

這些人比都市小孩更了解黑暗，他們隨時會遇到一些狀況，例如媽媽若叫他買塊豆腐回來，就要自己一個人拿著手電筒外出。

一直以來，我雖然聽過、讀過難以計數的鬼故事，卻從未親身經歷，畢竟真的要碰鬼不是件簡單的事。雖然我曾經半夜翻進校園，試圖遇鬼，但當我看著不會真的動起來的李承福雕像，也只能原地發呆；我也確認過柳寬順烈士的畫像不會流下血淚，途中更沒有發狂的警衛鬼魂追趕過我。

我的鬼故事在同學耳中聽起來雖然有趣，但他們很快就失去了興趣。因為我的鬼故事開頭總是「我聽說……」我再怎麼努力也只能講出「聽說」二字，而他們可能有人前一晚才拿著手電筒去破舊的茅廁上廁所，這種親身經歷的事蹟，輕易就打敗我口中的「聽說」。

我面臨必須做出抉擇的分歧點——是要成為話很多的說故事達人，還是真正經歷恐怖，變成能在話語中自然而然散發驚悚的人。做為前者，繼續如此發展確實沒有壞處，我已經認識了很多朋友，也適應了新學校的生活（雖然還不太適應到了午餐時間，大家會各自帶著生菜、大醬、燉鯖魚等菜肴在教室後面，像吃合菜那樣一起共食的事）。不過我如果就這樣當個平凡的、很會講鬼故事的六年級生，似乎也不錯。這種安逸的念頭猛然閃過我腦海……但只是猛然。

為何說「猛然」呢？因為我無法真正滿足於平凡，這樣似乎太傷我的自尊，即使考試不是第一，我卻放不下「鬼故事之王」的頭銜。因此，我選擇了後者：我要親身經歷恐怖為何物。

就像前文所提及，這個村莊能做為恐怖電影舞臺的地點隨處可見，到處都有茅廁、倒塌的牛棚、水井（我們家裡也有一口井）、墓地，還有廢墟。

沒錯，這裡有座廢墟，就坐落於村莊的正中央，那間屋子的前方庭院雜草叢生，整座房屋一半以上已經傾斜，酷似一隻受了傷，蜷縮著身體的怪物。我每天上學都會經過那座廢墟。只要看著破爛的門窗，即使在大白天，也會令人背脊發涼。再加上……那間屋子的庭院常有一大灘驚心動魄的血跡，因為每當村落舉辦宴席，大人就會選在那座院子裡殺豬。他們會把豬隻用繩子吊起來，切開脖頸放血，直到豬隻斷氣。

審慎考慮多時後，我將廢墟選定為恐怖體驗的最佳舞臺，當時的我渾然不知這是個多麼魯莽又多麼嚴重的錯誤。

選定場所後，我四處向同學打聽廢墟的資料，它究竟為何閒置在那兒，是不是有發生過什麼事情等等。但得到的答案全都一樣。

「不知道，那間房子從很久以前就這樣了。」

好的，如果連我那些在這裡土生土長的同學都不知道那間屋子的來歷，就代表它至少已經維持廢墟模樣超過十三年的時間。而且我還知道了另一個事實：就是沒有人進去過那兒。其實這才是最重要的資訊，我必須成為第一個踏入那間房子的人。我追求的是成為阿姆斯壯，而不是艾德林[6]。

那棟廢墟被村落裡的小孩——特別是小學生——視為恐怖的代表。雖然村中有許多黑暗之處，但唯有那間廢墟稱得上黑暗之中最陰森神祕的地

---

6 第二位踏上月球的太空人。

方，就連當地小孩晚上也會特地繞路避開。

「那裡一定有鬼。」

一個朋友這樣說。我的手臂瞬間冒出雞皮疙瘩——並非因為害怕，而是期待。

想要探索廢墟的衝動日益增長。

可是為什麼我不馬上行動呢？

這又是另一個故事了。

一九八八年首爾舉辦奧運比賽，在開幕式中，「滾鐵圈的男孩」在我的腦海留下深刻印象。一個年紀比我小的小孩滾著鐵圈進入運動場，這一幕在當時引起熱烈討論。之後校園間興起一陣滾鐵圈的流行。鐵圈在我的手上最多只能滾動幾公尺，那個滾鐵圈的小男孩究竟練習了多久，才能擁有那樣的成績？我打從心底敬佩他，同時也羨慕不已，他能將屢經練習的成果展現在世人面前，並因此得到莫大的榮耀。這種事真的太令人羨慕了。

然而重點就在這裡：要讓他人看到才行。滾鐵圈男孩再怎麼練習，能夠滾得再遠再久，若是沒有人看到，一切都是枉然。雖然這件事本身就很了不起（如果他可以滾到地球另一端，那就更厲害），不過小時候往往只能注意到事情的一個面向。

有人見證是很重要的。

這個意思是，我的廢墟探索一定要有人看到才有價值，如果只是我自己一個人去就沒有意義了。所謂的「看到」，就是阿嘉莎・克莉絲蒂筆下的「目擊者」，必須要有人見證我的勇猛戰績。就算目擊者國小畢業，到國中也能到處跟別人講述我的英勇事蹟，讓越多人感到讚嘆與敬佩。

能勝任這件事的人並不多——嚴格說是幾乎沒有。至少跟我比較好的朋友沒有人敢和我一同探索廢墟。大家一聽到要靠近那座廢墟，甚至還在大半夜去，都露出嫌惡的表情。「你為什麼要做這種莫名其妙的事？」

還有朋友認真地勸誡我。

「後果會很嚴重的。」

你們口中很嚴重的後果。

正是我想要的那種。

由於沒有人願意和我一起去，我只能退而求其次，為這個需求加上一點誘因：如果有人願意和我去廢墟一趟，我就請他抽兩次抽抽樂。當時的我幾乎沒有零用錢，一次抽抽樂就已是偌大的奢侈，兩次根本等同掏空我的儲蓄。可是就算我提出這種誘人的條件，還是沒有朋友願意與我同行。由此可知，就算在充滿誘惑的抽抽樂面前，廢墟的恐怖程度還是讓人不敢恭維。

然而，我的掃描雷達捕捉到兩個朋友露出稍微動搖的神情。那兩位，說真話，要稱為我的朋友有點勉強，因為我沒有和他們認真講過幾句話，那兩位在班上的地位處於有些邊緣的位置，成績不是太好，是挨棍的常客，運動成績也不佳，在班上沒有親近的同學，而且兩人雖然處境相似，卻沒有變成好朋友、相互扶持。我不動聲色地出現在他們周遭。這兩人雖然不是我所追求的完美目擊者，但至少可以成為「證明」的角色。

我各自對A和B說有事想告訴他們，然後三人集合在操場一角。那兩人不知道我要跟他們說什麼，如期出現，並在見到彼此時嚇了一跳，聽完我的條件後，又嚇了更大一跳。

「那、那間房子？」

A結結巴巴，瞪大眼睛問道，B則是一句話都沒說。

「那間房子只是比較老舊罷了，你們不用做什麼事，只要看我進出過那間房子就好。」

「真的可以玩兩次抽抽樂？」

B終於開口。

我點點頭，一個人抽兩次，所以總共四次。我的儲蓄直接見底。

他們面露難色，想必是內心掙扎。A和B如果其中有一人直接離席或是拒絕，我的完美計畫就會泡湯，不過他們沒有這樣做。兩個人都心知肚明這是多麼甜美的誘惑，不只是抽抽樂的利益，只要踏進那間廢墟的經歷傳開，他們的人生就會產生極大的轉變——我看準的就是這件事——我這個從都市轉學過來的精明少年盤算的就是這種誘惑。不出我所料，他們兩人立馬深陷其中。

「好，我去。」

「一起去吧，不過你不能食言喔。」

「沒問題，那就今天晚上。」

從都市轉學來的少年本人我很清楚打鐵要趁熱，絲毫不給他們兩人反悔的餘地，而我的腦子已經開始興奮，只要一想到終於能踏進那間屋子，身上的血液都沸騰起來。

那天的時間過得特別緩慢，分分秒秒都有如陷入沼澤般靜止不動，即使是我最喜歡的美術課，也令我感到無聊透頂。第六節課一結束，我馬上奔回家，打開當時在小學生間最流行的卡通《魔動王》，可是那天就連卡通都變得乏味，無論我怎麼消磨時間，夜色都遲遲不降臨。我只好著手準備行囊，將手電筒裝進袋子，還拿了本筆記本，雖然忘了什麼原因，我甚至拿了支放大鏡放進包包。

終於，我引頸期盼的夜晚到來。我把晚餐吃得精光，和父母一同看了電視劇，叮嚀弟弟趕緊睡覺，並躺在床上等待。時間仍然緩慢流動，我屏息盯著黑暗之中，留心父母熟睡的時機。我和他們約十點見面。在這個村落，只要過了晚上十點就會陷入一片死寂，轉為大人小孩都進入夢鄉的狀態。九點四十分左右，我偷偷摸摸爬起來（我有夜光手錶），左顧右盼，確認全家進入夢鄉。

「我出門了。」

我看著弟弟天真無邪的睡顏，輕輕道別，心情就像即將登上月球的阿姆斯壯那樣興奮且壯烈。

我深怕驚動父母，便躡手躡腳穿過客廳、扭開門鎖。我們家距離廢墟不到十分鐘的路程，但是走在沒有路燈的小路上並非易事，我也從沒這麼晚還在外頭閒晃。鄉下的夜晚果真是比漆黑還要漆黑，手電筒照出的光束都顯得毫無作用，我不由得慢下腳步，尤其是經過巷弄轉角，隨時都像會有東西跑出來似的，因此必須先將手電筒照亮轉角，再探頭察看，才能慢慢前進。我才剛踏出家門不久就已感到恐懼，這才發現自己從沒真的走進這個被黑暗降臨的村落。可是現在已經無法回頭了。我這從都市轉學而來的少年精打細算後覺得，如果現在反悔，那麼我失去的東西絕對會讓自己更加懊悔，光是想到會被貼上膽小鬼的標籤，就讓我無法放棄前進。

明明只需要十分鐘的路程，我花費了二十分鐘才抵達廢墟門前，時間正好是十點整。剛才的二十分鐘裡，我的腦子快速估測之後可能發生的情境：一是他們兩個都如約而至，二是他們兩個都沒有出現。如果沒人出現，那我就可以正大光明轉身回家，大方地放下一切，把什麼廢墟探險之類的拋在腦後，只要做個很會講故事的人就好。不過，A和B各自相隔幾分鐘後如期現身，拿著手電筒，難掩臉上的緊張神情注視著我。如今真的沒有回頭路了。

不過，有件事超出了我的計算——那天大人有殺豬，因此從外頭就能望見一隻尚未嚥氣的豬吊在半空，滿地還有黏呼呼的鮮血。豬隻粗重且紊亂的喘氣聲充斥在夜空。

啊，瀕死的豬隻和廢墟，我頓時在原地喪失了鬥志，那頭豬散發出半死動物的腥臭氣味，不時抽搐著四肢，牠身後的廢墟看起來萬般邪惡，一半崩塌的屋頂將房子的大半截裸露在空氣中，破爛的門窗、腐爛的棟樑、還有無盡的黑暗——整座房子就是一片漆黑，似乎從未有光照進屋內，甚至讓我覺得這座村落的黑暗都是源自於這座廢墟。

所以真的要進去？要踏進那片黑暗？真要走進那座滿溢著腐爛氣味的屋子？

沒錯！（因為你沒有退路了！）

當我獨自掙扎，那隻豬彷彿開口對我這樣說。我多麼希望這一切只是夢，我奮力閉上雙眼再睜開——一切依舊，廢墟仍在眼前，豬也掛在原地，我的兩個朋友直勾勾地看著我。A和B看著我的同時，不時也轉頭偷看豬隻與廢墟。我們陷入短暫的沉默，三隻手電筒的燈光在黑暗中徬徨不知所措。不久，B開口催促。

「什麼時候要進去？」

「嗯？」

「你趕快去啊，再不回家我會被媽媽罵。」

我好想媽媽。

「再不回家我也會被爸爸念。」

A也附和，**我也好想爸爸**。

「我要去了啦，只是先熱身一下。」

我吐出一句逞強的話，腦子高速運轉，我知道如今再也無法拖延，一定要有些動作才行，所以我真的僵硬地做了個伸展（扭動膝蓋和手腕），然後用手電筒照了一次廢墟，轉頭望向朋友。

「我要去了喔v」

我硬是擠出乾笑，A和B沒有人出聲阻止。雖然我萬分期盼有人會這麼做……那我就可以假裝無法推拒，名正言順回到溫暖的家。

我暗自埋怨著他們，緩緩移動步伐。庭院裡的雜草長至腰部，每踏出一步就會發出嗖嗖沙沙聲，那頭豬也在旁喘氣，在這詭異又和諧的二重奏裡，我的心跳聲不由自主加入，大力地上下跳動，下腹也傳來尿意。彷彿這種老式建築的固定模式，庭院的一角可見一座茅廁映入眼簾，我瞥了一下，馬上痛快放棄。我只要以光速走完廢墟、再用光速跑回家解放就可以了。

光速。

沒有錯，就像是把積累的暑假作業一口氣寫完的那樣。

我下定決心後，稍微加快了靠近廢墟大門的速度，此時——

「等等我們。」

我稍稍一震後轉過身，A和B杵在我後方。

「怎樣？」

「我、我們站在那裡覺得好可怕。」

「那頭豬一直盯著我們看。」

A和B的臉上露出隨時要尿出來的表情，一如前幾秒的我。這間廢墟隱身在黑暗中，對於每個入侵者施以相同的嚇阻手段，而且是以極度致命、邪惡的方式。總之，他們一起來對我沒有壞處，比起隻身一人跳進廢墟的陷阱中，團結還是力量大，有人陪總比沒有好。

「那一起去吧。」

我努力地掩飾欣喜的心情，讓三隻微弱的手電筒光線照向廢墟，眼前籠罩的黑幕似乎比剛剛消退了一點……最好是！這是多麼愚蠢的誤會……

三個小學生終於踏進廢墟，迎面而來的是一股難以言喻的臭味，最先看到的是臥室的大門。我一看到那扇門，馬上聯想到青蛙解剖課的場景，學生用鑷子固定青蛙的手腳，爾後劃開青蛙的腹部，腹部比想像中來的纖細脆弱，劃開一刀後，裡面見到不停跳動的鮮紅色心臟。因為微風而晃動的房門內似乎也有某種東西，有如心臟那樣鼓躁不安。

我極力甩開腦中的幻想，踏進客廳。

嘰咿。

當我推開門，還真的發出了這個聲音，像是因高度痛苦發出的悲鳴，也像極度憤怒產生的磨牙聲響。無論是哪一種，都讓我渾身寒毛直豎。我等一下真的得用光一般的速度逃走才行。

「我們簡單繞一下就走。」

我硬擠出幾個字，A和B看起來沒有異議，緊跟在我身後，我們的三隻手電筒很有默契地照往同一方向，凝聚的光線讓我產生或許能戰勝黑暗的錯覺。

我們先去的地方是個像青蛙肚（雖然我極力不去這樣想）的臥房，因為這裡最像這棟房子的黑暗根源，若是說真的發生了什麼恐怖事件，在臥房的機率最高。我調整了一下急促的呼吸，小心翼翼走進更深處。那兒腐爛的臭味又比剛才更濃。臥房裡家具齊全，有衣櫥、書桌、還有一臺破爛得要命的老舊電視，所有家具都覆上一層厚重的灰塵，整個空間長滿蜘蛛網，每當臉頰上沾黏到，用手去抹，我總會心驚膽跳，想著會不會其實臉上的不是蜘蛛絲，而是某種難以想像的線繩。地板散落一地報紙，更甚——是不明原因而被浸溼的報紙。

「呃啊！」

A突然發出驚愕叫聲，我也嚇了一大跳。

「幹麼？」

「你、你看。」

A顫抖的手電筒光束指向一副相框，裡面擺放了全家福照片，爬滿碎裂紋路的玻璃後方可見一家五口，每個人的臉上掛著笑容。因為玻璃的裂痕與燈光的折射，他們好似直盯著我們眨眼。

「那只是照片而已。」

絕對不是真的活了過來。

B在此時發現能通往廚房的門，停在原地等著我，用眼神示意，**你要先去才對**。

對於B的謙虛禮讓，比起用言語感謝，我先用手電筒照了廚房的方向。那裡的地板匯滿積水（長大後我去過幾次凶宅探險，發現廢墟的共通點就是都有積水）。那攤水深黑不見底，好像在說**只要你有膽踩進來，我就會盡情地舔舐你的腳踝**。所以我選擇不過去，只在門前晃過去看一眼即可。B也沒有多說什麼。

接下來，我們到了另一間較小的房間，這是廢墟體驗的最後一站，一想到只要繞一圈就可以解脫，我的內心開始雀躍，原先的恐懼也一點一點消退。果然這個世界上沒有鬼！只有腐朽的樹木和水，還有失去主人的全家福照片，這趟勇敢的廢墟之旅只要加上我的說故事功力，絕對能成為精采絕倫的探險傳說。

那個小房間門窗緊閉，窗戶不像外頭的空間那樣破爛不堪，大致上堪稱完整，光在外面看就知道那是個狹隘的空間。如果我是鬼，才不會選這種地方出沒咧。我勇敢地打開門，那一瞬間，有某種東西自黑暗中衝來。

我從小就跟著父母度過四處搬家的日子，所以對於房子沒有什麼眷戀。對我來說，那只是個很快就會離開、或是有天終會離開的居住地。我升上六年級時，光是有地方能住就很感謝了。無論是單間房還是公寓，我都無所謂。我也不曾羨慕或關心其他人住在什麼地方，只是好奇為什麼其他人都不用搬家。我只揣測過那些隨處可見的鴿子，思考牠們究竟都住在哪裡。白天四處都能見到鴿子的蹤跡，為什麼到了晚上就不曾見過呢？牠們一定和我一樣有能居住的房子，但會在哪裡？我真的很想知道，因為這是教科書上找不到的知識。

那天晚上，我終於解開內心的困惑，而且是用最衝擊的方式。

當我打開門，整群鴿子朝我衝過來。那些鴿子憤怒地衝向吵醒牠們睡夢的不速之客，在無盡的黑暗中，有數十雙微小的閃光快速穿梭，還有翅膀不斷撲打空氣的拍振。

「啊！」

我放聲尖叫。那是我有生之年發出最高亢的聲音。每次音樂課的歌唱考試，我從沒拿過好成績，因為我唱不上「Ra」以上的音，如果音樂老師在這裡，就能親耳聽到我發出「Ra」之上、甚至到「Si」、「Do」的紀錄。我不只突破了人生中能發出的最高音，兩位朋友也一同創下紀錄、放聲尖叫。我們接著跑出廢墟、大口喘過氣後，才知道剛才衝向我們的是鴿群，在那當下我根本無法思考，腦袋無法辨識任何事物，我敢說在那種情況下沒有人能保持冷靜，況且我們還只是國小六年級生，我都還沒長腋毛咧！因此當下認為那是從地獄飛來抓我們的怪物，或是德古拉公爵召喚出的吸血蝙蝠，不無可能。

「啊！」

我們不停尖叫，一邊踩著踉蹌的步伐後退。神智不清的我們被彼此絆倒、跌在地上，又叫得更大聲、音階更高。那群從地獄飛出來的怪物——不是，是鴿子——甚至還沒有全部飛出來，有幾隻在我們頭頂上打轉。

我急忙起身向外跑，A和B也趕緊顫抖著往外竄，速度還比我快。B很快跑到客廳，A也差一步就要到了。然後，然後我……當我正要拔腿奔跑，突然僵在原地。

有東西抓住我的腳踝。

我堅信那一定是冤死在廢墟裡的野鬼，感受到它冰涼又骨瘦如柴的手指觸感透過皮膚傳來。

這個結論說服了我的理智，恐怖感隨即襲來。當你處於半信半疑狀況，不會真的感到恐懼，倘若一旦開始相信，恐懼也會化為實體。

我心想**我要死了**。並且堅信不疑。我相信那隻鬼很快就會爬上我身體，用冷冽又乾癟的嘴脣緊貼著我的後腦杓。我再度尖叫，這回尖叫聲中已經摻雜哭聲。我對著他們狂喊：

「救我！我被鬼抓到腳了。」

這是那天晚上的另一個誤會。

當時在我眼裡，A和B丟下我逃跑，他們要離我而去，留我一人困在這間廢墟，與孤魂野鬼共處一室。雖然如果是我大概也會這樣，能抽兩次抽抽樂又如何？可以活下來最重要。

但他們兩個回過頭，原本已經跑到豬隻附近的B以很快的速度折返回客廳，A則回頭抓住我伸出來的手臂。

「鬼抓住我了！鬼抓住我了！」

我好像不斷重複著這句話。

「那不是鬼！」

B大喊——

「你的腳踩到洞裡了。」

我看著B蠕動嘴巴，卻聽不懂他說了什麼。不過他冷靜的語氣和聲音緩解了我緊張的神經。如果真的是鬼，B絕對無法那麼冷靜地跟我說話，我才得以慢慢冷靜下來。

「你輕輕把腳拔出來。」

我開始理解了B的意思，低頭一看，B的手電筒照的方向有一個洞口，我的腳剛好卡在那兒，沒有什麼孤魂野鬼抓著我，只不過是那個洞口狡滑陰險，就像鬼所設下的陷阱。

我抓住B與A，將腳拔離洞口，三個人一起奔出客廳、穿過庭院、逃出大門。我已經到了極限，雙膝使不上力，逕自跌坐在地。另外兩個人也是。我們像章魚那樣四肢癱軟，坐在地上，回頭望向廢墟。它的一邊屋頂傾斜倒塌，整座建築物發霉腐朽，覆蓋著它的黑暗比夜晚還深濃，我們三人呆望著房子好一會兒。夜空另一端掛著的不知是新月還是上弦月——反正是宛若被人咬了一口的月亮。不遠處，廢墟的廳門前，還有幾隻沒飛走的吸血蝙蝠——不對，是沒飛走的鴿子。牠們直盯著我們看。

「差點就完蛋了。」

當我說完這句話，A就笑了。我轉頭望向他。A笑了之後，B也笑了。我還在想這兩個人是不是嚇到腦袋壞掉，自己卻也咯咯笑了起來，這一切都讓人想笑，當你的內心感受過真實的恐懼之後，消散時迎來的會是純度極高的安心與笑意，雖然心跳短時間內尚未恢復，皮膚上的雞皮疙瘩也還揮之不去，但我們都知道，現在已經安全了。

當我們笑完起身準備回家，才發現我的手電筒落在廢墟裡的某處。不過我立刻放棄回去找的念頭。只是支手電筒罷了，雖然我們家有好一陣子半夜上廁所需要摸黑，不過很快就買了新的手電筒。家裡雖拮据，但買支手電筒的錢還是有的。

那天以後，我們三個變成要好的朋友。如果以三個人探訪廢墟為契機、最後變成共患難的好友寫個劇本，用來拍電影或電視劇是挺不錯的題材，但我們雖要好，卻也不至於那麼好，甚至我們之中沒有一個人跟別人提起去過廢墟的事，我記不得是什麼原因，或許是單憑我的說故事技巧，仍難以具體形容當天晚上親身經歷的黑暗和氣味，更別說發狂的鴿子以及抓住我腳踝的地板。不過，我靠著那次的廢墟探險經驗寫了許多小說。每當我要在小說中形容黑暗，都會想起當時感受到的氛圍和那間廢墟的模樣。這樣看來，走這一遭還是有所斬獲。

幾天後，我出了錢讓A和B玩抽抽樂，四次都摃龜，我們也沒有感到太可惜，三個人將文具店老闆給的糖果分著吃，而直到今日，我還記得B說的話。

「因為想著會恐怖，才感到恐怖。」

沒錯，因為我認為那是鬼的手，所以才害怕；因為覺得那裡一定是鬼屋，才會心生恐懼。想像能支配想法，進而影響行為。若用另一個角度想：如果擁有不得了的想像力，在這世界上就沒有做不到的事。因此，我想要擁有那份驚人的想像力，特別是能夠讓人感到恐懼的想像力。我希望感受到這份恐懼的人可以在成功克服後，體會恐懼所帶來的快樂。

不過在那之後，我能對同學講鬼故事的時間越來越少。當時我所住的地方規定必須通過考試才能考上國中。因此到六年級下學期，每個人都埋頭苦讀（或是「假裝」埋頭苦讀）。我當然是前者。但這不代表我流在血液中的恐怖迷人格就日漸乾涸，我仍想把「恐怖」發揚光大，即使沒有去廢墟，我也會堅持理念。在讀書時間的空檔，我還是會翻開恐怖小說，也會看《週六電影》，然後差不多同一時期，我的身體狀況越來越糟了。

小時候的怪談與成長痛

我以優秀的成績考取國中，甚至還是以全校第一名之姿。雖然不至於跌破眾人眼鏡，只是多虧了小小的奇蹟和一點運氣，讓我能順利升學。不過，因為這第一名的頭銜，讓我一入學就備受師長期待，而那是非常累人的事。對我而言，我只想每天窩在學校的圖書館（當時覺得學校圖書館好寬闊啊），翻閱那些有趣的小說。無論是成績第一名或成為班長，都使我感到無聊至極（我是一年級第一學期的班長）。

國中的圖書館是另一個藏寶庫，我記得那裡的小說藏書，尤其是我喜歡的類型小說，更是數也數不清。負責圖書館的老師一定也是恐怖小說迷吧。我在那裡第一次遇見洛夫克拉夫特[7]式的恐怖文學。當時他的恐怖小說對於中學的我來說太過艱深，我喜歡更直接了當、開門見山的恐怖小說。諸如亨利・詹姆斯的《碧廬冤孽》（*The Turn of the Screw*）就讓我讀得津津有味。我幾乎每天都去圖書館的各個角落探險，找尋能餵飽恐怖迷胃口的讀物。

宛如命運般，我在那找到了《世界的不可思議》。我不太確定正確的名字，但書名裡的「世界」和「不可思議」猛然抓住我的神經。要攫取國一男生的好奇心，還有什麼字詞比這兩個更厲害？

那本書沉甸厚重，感覺寫滿了世上未知又充滿驚奇的事物，看著書後借閱紀錄上好幾行的字，看來不只我察覺到這本書的魅力。我將書本放進書包、飛奔回家。我在圖書館已經花了很多時間探險，加上時節正值初春，白晝不如夏天長，等我快到家時已是傍晚時分。

我下了公車，接著要走上一段平緩的上坡路，才會是我們家現在住的

---

7 Howard Phillips Lovecraft（1890-1937），美國恐怖、科幻與奇幻小說作家，創作出克蘇魯神話。

公寓。沒錯，我們家終於住進了公寓。原本有著茅廁的舊家和公寓新家間隔了一條河，從公寓頂樓往下看，還能望見當時把我嚇得魂飛魄散的廢墟（聽說那間廢墟在我們搬離後數年就倒塌）。舊家與新家僅是一條河的距離，居住環境卻天差地別。我理所當然更愛公寓大樓，不過內心似乎有一個部分開始出現變化，從外在看不出徵兆，但我知道自己的內在有幾根支柱浮現裂縫，搖搖欲墜。長大後再回頭看便能明白。當時是因為不停搬家、轉學等環境劇變，又逢剛升國中的年紀，內心出現難以捉摸的青春期變化，但在當時，我無從得知內心發生了什麼事，在自己無法察覺、也沒有對象訴說的形況下，出現了病兆。

那日亦然。我從圖書館租借《世界的不可思議》後也是頭昏腦脹，當我坐上返家公車時還能支撐，不過踏上上坡路時，狀態卻越來越差。原本用跑的下車，腳步卻漸漸沉重，最後艱辛地拖著雙腿，一步一步走。我知道自己的體內有某種東西正不斷擴散，就在那時，有人從後方叫住了我。

「孩子。」

她的確是用這個詞。「孩子（애，yae）」一詞在慶尚道是非常陌生的用法，這種稱呼是等我長大到首爾工作才熟悉的字眼。那大概是我人生第一次聽到這個字詞吧。

我回過頭——光是這個簡單的動作就使我頸部以上劇烈疼痛，原本的輕微頭疼變成陣陣襲來、有如撞擊的痛。

有個陌生的阿姨站在我面前。我忘了她身穿怎樣的衣著，只清楚記得她塗著大紅色的口紅，拉著長長的影子，雖然因為夕陽西下，影子自然會更細長，但阿姨的影子格外細瘦。因為頭痛，我只能皺眉看著她，心裡想，啊，她不是這個村落的人。

「你知道○○國民小學在哪裡嗎？」

「〇〇國民小學是我母校，走這條上坡路步道十五分鐘就到了，妳可以從……」

我正要指學校方向給她時停了下來。

我感到視線搖晃、腹部翻騰攪動，全身似乎也在發燙，卻又冷得令我直打寒顫。那股寒氣從大兩個尺寸的外套縫隙間竄進。這個阿姨說著一口流利的首爾腔，用非常和藹親切的笑容看著我，但我一點也不覺得愉快。

我記得去年約莫這個季節，發生一起震驚全國的案件。住在大邱地區的五名學生登山收集山椒魚魚卵，最後卻下落不明，人稱「青蛙少年失蹤案[8]」。由於那門案件遲遲未解，全國上下流傳著許多怪談與傳說，其中還有一個說法，說有人會到各地綁架小孩，再把小孩子傷害至殘廢，丟到首爾街頭乞討。

「在哪裡？我有事要去那間學校。」

阿姨用柔和的首爾腔又問了我一次，我的腦海在短暫的幾秒間閃過無數恐怖怪談。

當時學生最害怕的是「裂口女」和「香港婆婆」。傳說中，會有女鬼戴著紅色口罩，到處問人自己漂不漂亮，然後拉下口罩、露出撕裂至太陽穴的大嘴嚇人。而香港婆婆則是源於一架飛往香港的班機，半路失事墜毀，機上的一個老奶奶跟貓咪一起墜入海中，造成靈魂混合，成了半人半貓的恐怖故事。無論哪一個都很恐怖，因此我很喜歡這些都市傳說。我也有朋友相信這些恐怖故事都是真實存在。如果問我，我當然希望是真的。不過沒有人真正見過這些怪談的主角，大多是聽說朋友的朋友的姊姊的哥哥的那個誰有遇過，當然也有人信誓旦旦說自己遇過，大講特講昨晚遇見

8 媒體誤報為抓青蛙，沿用至今。

了香港婆婆，然後在胸口畫個十字架，香港婆婆就驚慌失措地逃跑。我當然不相信這種說法，因為身為老千，我一眼就能看出誰在說謊。更甚，身為精明的鬼故事達人，這些呼攏小孩的技法簡直是漏洞百出。

仔細觀察裂口女和香港婆婆的鬼故事就能明白為何當時的小孩如此害怕。首先，惡鬼針對的都是太陽下山還在外頭閒晃的小孩，無論是因為父母疏忽無法看顧，或是自己不聽話在外遊盪。而且，有別於《傳說的故鄉》的背景設定，這些鬼故事皆發生在我們生活周遭，有的是放學回家的路上，或是離家不遠的小徑，以及無人出沒的公園。這些鬼魂會問孩子難以回答的艱深問題，一旦回答不出來就會被殺掉——這倒是很能刺激正在升學階段的學生，而且最恐怖的是，只要遇到鬼就會被綁架、然後死掉。

當時正好也是人口販賣和誘拐事件頻繁發生的時期，大人時常告誡小孩，如果不早點回家就會被壞人抓走，為了讓孩子加深心底的恐懼，因此也促成了裂口女和香港婆婆的故事。這兩個鬼故事在青蛙少年事件發生後也從流傳的鬼故事變成真實的警告。

我當時鑽研了這兩個鬼故事，期許自己能想出一個真實性極高的目擊傳說，我咀嚼、研究著這兩個故事的特點，覺得只要能掌握精髓，絕對有自信讓同學聽得瑟瑟發抖。

構思故事期間，我升上了國中，躍身受到師長注目的資優生。然而，一下子得到過多期待與關切，讓我病痛纏身，也漸漸忘卻鬼故事的美好。此時，我遇見了那個阿姨。

她並沒有讓我聯想到裂口女或是香港婆婆，即使是想像力旺盛的國中生，也不至於分不清現實與故事。因為阿姨沒有戴口罩，講話時也不像貓咪那樣會語調上揚，她只不過是講著一口首爾腔罷了，可是我卻像被銳利的針不斷扎著背脊那樣刺痛難耐——是說，她怎麼會在這種上坡路找學校呢？

「孩子。」

她又再度出聲，我趕緊編了個故事。這是我最擅長的。

「阿姨，妳從這裡搭公車，不用到對面，在這個方向搭車就可以，搭到世界商店前下車，就會看到學校。」

如果在馬路這一側搭車，會直接開出村莊，路上也沒有什麼世界商店。一時間，這是我想到包包裡《世界的不可思議》一書編成的故事。

「好奇怪，我聽說是在這附近啊……不過反正，謝謝你了。」

阿姨歪著頭、轉過身，長長的影子也跟著移動。我緊盯著走往公車站的阿姨，一邊倒退向後走。一開始慢慢後退，接著越走越快。之所以不轉過身逃跑，是深怕阿姨會發現我的小謊言，伸長她尖銳的指甲，化作一隻銳利駭人的剪刀朝我刺來。

雖然沒發生這種事，但我等到幾乎看不見她時才轉身逃跑。每次運動會的大隊接力我都是倒數第二，但此時此刻，我的速度可說是人生之最，如果要說我跑得多快……當時因為上國中，我理了平頭，加速奔跑時頭上那不過幾公分的頭髮都被風削得往頭皮貼——這樣講就知道有多快了吧。唔，或許這樣形容有些誇張。

我到現在還清楚記得奔跑時的感受。書包裡的書本隨腳步上下晃動的重量，腳上（盜版的）Reebok 球鞋鞋底在馬路上敲得噠噠響，以及心臟的劇烈起伏，彷彿隨時會從嘴巴裡跳出來。

那條路我原本需要走上好一會兒才能抵達公寓入口，此時我只憑著一口氣就跑到了入口處的超市。我在超市門前停下，大口喘著氣，發現原先的頭痛和發燒感竟然全數消失，彷彿因為我的急速衝刺被甩落在半路，我感到身體前所未有的輕盈，再頻頻探頭確認阿姨真的沒有跟上才回到家中。

然後那天晚上我生了場大病。

頭部、肩膀、膝蓋、雙腿，全身上下無處不疼痛。上了年紀的爸爸時常將「全身痠痛」掛在嘴邊，當晚的我深刻體會那是什麼意思。尤其是頭痛。我直到現在仍常被神經性頭痛折磨，這個頭痛的病症似乎就是從那天開始的。那種頭痛就像整個腦袋鑽入許多螺絲釘，同時用電鑽機使勁往深處鑽。剛開始只是一陣一陣的抽，到最後卻像是整個腦袋大力往牆面撞，並不斷重複這個過程，我吞了顆當時被譽為能治百病的阿斯匹靈，躺在床上休息（還有另外一個治百病的藥便是正露丸）。由於痛感在全身上下流竄，我當然無法睡著。直到半夜才依稀入眠，陷入噩夢之中。

夢裡，阿姨出現了。她嘴裡喊著「孩子。」當我恐懼地看著她，她搖身一變，幻化為裂口女的模樣，伸出貓爪般銳利纖長的指甲。和大部分的噩夢無異，我就這麼被困在原地動彈不得，像隻待宰的老鼠。阿姨時而是裂口女，下一秒又變為香港婆婆，張著大嘴，流利的首爾腔在我耳邊縈繞。

「你考不到第一名，就等著被我吃掉！」

雖然她還講了很多恐怖的話，不過只有這句讓我最印象深刻。在夢裡我好像被嚇得在原地大哭，也好像做了什麼事情，因此逃過她的魔爪。最重要的是，整個夢境帶給我前所未有的巨大恐懼，這是我第一次做這麼可怕的噩夢。

國小時，讀書對我而言只是因為有趣才讀，沒有投注過多的努力就能得到不錯的成績。尤其是國文，更是經常滿分，雖然音樂課總是低空飛過，但平均來說都有水準之上。因此用功讀書對我來說沒什麼壓力。可是當我在國中入學考試中考取第一名，情況就有所不同。讀書變成一種壓力，再加上當時父母在公寓內教鋼琴，並經營類似K書中心的課後補習班，身為補習班的長子，無形之中有了一定要有好成績的壓迫感。為了承受這份沉重負擔，僅僅國一的我內心變得脆弱不已。或許我打從一開始就是軟弱的人。在寫恐怖小說的路上，我漸漸明白一個道理：心靈越軟弱，對於恐怖題材的免疫力越高，尤其是認同自己內心軟弱的人。面對恐懼不安時，這樣的人比起他人更能從容地面對與接受，或許，這正是我從小這麼喜歡恐怖題材的原因。

無論多麼可怕的噩夢總有醒來的時刻，香甜的美夢亦然。自夢裡醒來後，我打開手錶的夜光確認時間——凌晨三點多。我全身被汗水浸溼，四肢沒什麼力氣，只不過痠痛感消退了一點，在我腦裡鑽個不停的電鑽也稍作休息，或許是那個治百病的藥起了作用吧。醒來後，我知道自己短時間很難再入睡，又怕驚醒弟弟們，於是輕輕爬離床鋪，抽起《世界的不可思議》一書，走到客廳，點開一盞小燈，慢慢開始讀。

這個世界上，難以理解的不可思議謎團超乎我的想像。看著內文，我第一次接觸到UFO、百慕達三角洲、尼斯湖水怪等等神奇又帶點懸疑的事件。我想知道喜馬拉雅山上究竟有沒有雪人，以及長得一模一樣又沒有血緣關係的兩人到底該作何解釋。世界的另一端還有未解的人體自燃現象，更別說科學至今難以證實的超能力者，以及幽靈船瑪麗賽勒斯特號的行蹤與由來。而在這些不可思議之謎裡，最吸引我的就是「捉鬼獵人」——世界上竟然有這種職業！他們組成隊伍，用各式各樣新奇的機械到各地捉鬼。這些捉鬼獵人的篇章讓我無法自拔。

就是這個！

我在心底下定決心要成為捉鬼獵人。

可以做自己喜歡的事，還能賺錢，這是多麼夢幻的人生！一直以來，當他人問起志向，我都茫然地回答說當老師或科學家。而今，我終於確定自己的方向，並因此感到格外踏實。如果我真的成為捉鬼獵人，就能找到真正的裂口女和香港婆婆。不僅如此，我還能進軍世界，飛到西方尋找德古拉伯爵的城堡，在滿月時見到狼人，還能拜訪倫敦的古堡幽靈。不過，要成為捉鬼獵人一定要功課很好，畢竟要能解讀紅外線儀器的信號，還得看懂頻率的異常浮動之類。當我想到這裡不禁嘆了口氣。倘若我是青少年小說裡的主角，我就會信心滿滿、踏上實踐夢想之路。但我活在現實世界，只是個平凡之人，只能平凡地活著。雖然我面對了現實，內心深處還是嚮往著那個美夢。或許，我有一天真的能成為捉鬼獵人也說不定。因為這一小塊幻想仍存在心中，讓我彷彿卸下了一點現實的重擔。對於青春期的少年而言，即使是渺茫的希望也能感到滿足，就像當天晚上，我僅用一顆阿斯匹靈就戰勝了頭痛。

一到早上，我的身體迅速恢復。簡單打理過後，我揹著《世界的不可思議》去學校。那本書直到歸還日期前，我都非常珍惜地讀著。甚至之後只要一想起它，我就會到圖書館再租借回家閱讀。當時裂口女和香港婆婆的鬼故事仍帶給大家無限恐懼，但一到國一下學期，同學卻漸漸對這些故事失去了興趣，將注意力轉往女生班（雖然是男女合校，卻分為男生班、女生班，可惡啊）。對青春期的孩子來說，這是再正常不過的發展，不過我內心仍有想成為捉鬼獵人的渴望。雖然不至於在未來志向的格子裡大方寫上「捉鬼獵人」——畢竟得向師長解釋，絕對相當困難，而且我相信父母也不會同意。

所以，我在空格裡填上「小說家」。

對於當時的我而言，小說家是和捉鬼獵人最相似的職業，也差不多在那時候，我接觸了史蒂芬·金（**哇！**）的作品，最後證明，我的方向並沒有錯。

《十三號星期五》與《佛萊迪》

一位同學跟我們說，他看了一部超讚的影片，眼裡還閃爍發光。當時的我們若說出「超讚的影片」，大多是指成人影片。聽到關鍵字後，所有人的眼睛也瞬間發亮，另一個朋友問那支超讚的影片叫什麼名字。

「《十三號星期五》（*Friday the 13th*）。」

他興奮地回答。

「我跟表哥一起看的，真的超讚！」

我頓時分不清「超讚」究竟是他的口頭禪，還是真的是超讚中的超讚，才會讓他雙眼發亮地推薦給我們。因為成人影片取名《十三號星期五》似乎有點讓人不解，還是說，十三號星期五晚上發生了什麼香豔刺激的事……當我這樣左思右想，突然想起自己曾經看過這幾個字——是在《世界的不可思議》後半段，傳說，美國本土有著「十三號星期五的詛咒」，當日曆上的這一天來臨，容易發生不幸的事件與災難，通常那天的死亡人數也會比平時來得多……諸如此類，既然這樣那就不是成人電影了，對吧？

我將腦中的疑問說出，朋友注視著我，大力點點頭。他說雖然是恐怖電影，但絕對是超讚！

天哪！既是恐怖電影，又「超讚」！那我無論如何一定要看到那部電影。朋友難掩欣喜地提議下次可以去他家一起看，幾名國中生開心得活蹦亂跳。不過人生總是不如期望。升國中二年級的暑假前我就休學，因為出勤率過低，再待下去會留級，而缺席的原因當然是因為莫名纏身的病痛，我這副虛弱的身體外加電鑽般的頭痛，讓我根本無法正常上學。接著我們又再次搬家，我揮別原以為能相處好多年的朋友，再次回到都市。這也意味我再也看不到那個願意和我們一起看電影的表哥。到了都市後，我只能孤獨地待在昏暗（又狹窄）的房間裡。

不上學的日子，我自學準備升學考試，不需要穿著制服每天上下課，也無須像當時的國中生那樣留著短短的平頭。雖然我也會到市區的升學補習班，不過大部分的時間都在家裡自己讀書。我對人生的一切失去興趣與渴望，就連產生渴望的力氣也沒有。曾一心一意想成為小說家的夢想也暫時放下，畢竟，要成為小說家，再怎麼說至少要國中畢業才行。我唯一的快樂就是每逢週三，會有輛移動圖書館前來社區駐點，在那短暫的時間，我可以借書來看。移動圖書館是小貨車改裝而成，能裝載的書籍並不多，我喜歡的小說種類更是稀少。不過我還是在那輛車上挖到不少寶藏。我看完了托爾金的《魔戒》和《哈比人》，還看了《狼人的輪迴》[9]。作者「史蒂芬・金」當時在韓國的譯名還叫做「史提森・金」。

除了閱讀小說的微小快樂，當時每天都是陰鬱灰黑。當中最讓人害怕的是升學補習班。那是從鄉下搬至都市的國中生難以承受的複雜環境。補習班每個學生都令人瞠目結舌，我是當中年紀最小的，上補習班的原因是因為身體不好而休學，這個理由在補習班學員中之神聖，簡直和聖經在書架上的聖光沒兩樣。補習班有每天喝得爛醉的大哥，還有一下課馬上撲粉揮毫、把所有顏色全往臉上塗再立即奔去上班的大姊。補習班外甚至有一整排等著接送這些大姊的摩托車隊，簡直是奇景中的奇景。

此外，還有許多奇葩。我在那間補習班裡第一次見識到世界上原來有那麼多特異、驚奇又危險的人。雖然日後當兵和成為天然氣技師時，我也

---

9 *Cycle of the Werewolf* 未有中譯版本在臺出版，一九八五年改編為電影《銀色子彈》（*Silver Bullet*）。

再次體會到這件事，但那大概是人生中第一次的啟蒙。同學之中，有的大哥能仔細對你分析怎麼吸打火機的氣體，還能頭頭是道解釋甲苯和丁涜的差異（吸食時口感有差）；也有考國中升學考失敗十次的大叔，以及教我如果要想被看得起，就要拿玻璃碎片咬給別人看的大姊……原來世上一切不思議不在遙遠國度，就在我的身邊。那些大哥大姊雖然都很善良，但我與他們的年齡差距實在太大，而且一進補習班不久成績就進入前三名，自然而然就和他們疏遠了關係。

然而，某一天，有一個體型壯大、手臂紋身（袖子捲起就露出大面積的刺青）的大哥來到這個班，成為學生。他一臉凶惡，一看就知道是有混過的。也剛好我旁邊的位子空盪無人，所以他到我旁邊拉開椅子、逕自坐下。一到下課時間，那位大哥就轉頭望向我。

「你看起來年紀很小，是幹了什麼事才來這裡？」

我什麼事都沒幹，只是來讀書。只不過如果真這麼回答他，一定會挨揍。

「因為缺席率太高……」我結結巴巴地回答。

於是那位大哥欣慰笑著，擺出「我都明白」的表情，大力地拍了我肩膀。

「那以後也請多指教啦。」

他的語調好比當時青春電影的男主角——不，應該是男主角朋友的朋友。

果不其然，那位大哥非常喜歡電影，一到下課時間就會抓著我大聊。

當時我實際到電影院觀賞過的只有《E．T．外星人》、《親愛的，我把孩子縮小了》，還有《阿達一族》。從名字就能看出不過是和爸媽去電影院看的闔家歡樂溫馨小品。不過我透過電視看了無數電影。在星期六晚間，電視臺播映的電影當然是每週必看，更少不了過年過節會有的電影精選。不過這些電影的數量加起來還是比不上這位大哥涉略廣泛。然而他依然興致滿滿，甚至對我這樣說：

「你知道《教父》嗎？柯波拉拍的那部，裡面會直接扭斷對方的脖子，看了超痛快。」

我雖然不知道「柯波拉」是誰，但聽到扭斷脖子，想必是齣好電影。大哥馬上問我喜歡哪個種類，或是想看什麼電影。我忘了怎麼回答，但是說到自己想看的，我就印象深刻——當然是那部我引頸期盼卻遲遲未能觀賞的電影。

「我想看《十三號星期五》。」

那一瞬間，大哥的眼神突變。雖然他沒有說出口，但眼中閃過一絲光芒，彷彿正在內心拍打自己的大腿，讚嘆我這小子的選片眼光。

「你怎麼知道那部？」
「朋友說很好看，但是因為我還沒成年，出租店不讓我租。」
「拜託，那種名作沒有不看的理由，無論如何一定要看到，而且未成年才更要看。」
雖然我之後才明白他這句話的意思，但當時我天真的以為，如果越級看了限制級電影，一定會被警察抓去關，或是落入地獄深淵之類，遭到恐怖的報應——畢竟我可是模範生啊。
「那部電影真的那麼好看嗎？」
他不發一語，比出大拇指，然後清了清喉嚨，詳盡地指導我該怎麼去出租店租片。
「你不能怕，怕就完了。你先找件爸爸的衣服來穿，盡量讓自己看起來老一點，這樣一來，對方也會覺得不要戳破你比較好。起先要理直氣壯走進店內，同時舉止要自然，先大致逛一下貨架，然後緩緩移至新片區，隨便選個十二歲以上或十五歲以上觀賞的片子，選些動作電影，尤其是有黑手黨出現的那幾部。如果沒有喜歡的，選些查克．羅禮士或范達美演的電影也好，那類型的電影一定要選個兩部，這是基本規則。接著呢，再若無其事靠近你真正的目的地——恐怖電影專區。《十三號星期五》有很多集，你先從第一集開始看。全都選好後，走向櫃檯。記得，一定不能怕，怕就完了，把你選好的三部電影給他，記住！一定要用兩片動作片夾著恐怖片，這是基本規定。」

我的老天！大哥你怎麼現在才出現在我的生命裡。

我彷彿有生以來第一次學到如此受用的知識，在大哥的諄諄教誨前，國英數又算得了什麼！國英數學得很好又能怎樣！連部電影都租不到。

我回家從爸爸的衣櫃偷偷拿出一件襯衫，趁著白天父母雙雙外出工作，弟弟也都去上學的當兒，蹺掉補習班，確認過家裡的錄影機運作正常無虞，一切完美到位，只差能否租借成功。我用想像練習排演了無數次，可是當我真的站在出租店前，還是冷汗直流。我觀察了周遭的出租店，選定一間老闆看起來人比較好的店鋪，像是即使揭穿我也不會把我送去警察局。

絕對不能怕。

大哥的叮嚀在我耳邊迴盪。

——但我好怕！我緊張得像指令輸入錯誤的機器人，僵硬得不得了，一不小心還弄掉了架上的新片。當我走到恐怖電影區，只能慌亂地大聲咳嗽，試圖掩蓋自己的行為。歷經千辛萬苦，我找到了《十三號星期五》的蹤跡。當我將它自架上抽起時，**未成年者不宜觀看**的警告標語寫得斗大，但我已經緊緊握住了它，再也沒有回頭路。我沒有忘記要將恐怖片夾在兩部新片中間，將三部電影片匣遞給了老闆，而他一語不發，把三部電影租給了我。

竟然這麼容易！

因為過度緊張，我喉嚨乾渴，走出店外差點雙腿無力，沒想到租借限制級電影是如此簡單，我狂奔回家，連爸爸的襯衫都來不及脫，立刻打開錄影機和電視。我對於那兩部新片一點興趣也沒有，甚至想不起究竟借了什麼，因為這部超讚的電影才是最重要的事。那時我沒受到任何人干擾，好好地享受了這部電影，同時也是我第一次自己去出租店租片。雖然我看過幾次電視臺播出的恐怖電影，休學前短暫住院的時間在醫院裡看了《大法師2》，但那部電影稱不上超讚。

我深吸一口氣，平撫自己興奮又高張的心跳，按下播放鍵，不管未成年者看限制級電影會得到什麼處罰，我都遠遠拋在腦後。電影就這麼慢慢開始了。

果然，它不負期望，開始不到幾分鐘我就深深著迷，中途甚至尖叫了幾聲（出自不同原因），當劇情進入大開殺戒的環節，我的眼睛怎麼也離不開螢幕，影片內的服裝與場景設計都相當生動寫實。每當劇中角色被殺死，背上還滲出滴滴冷汗，我從沒看過如此大量的濺血場面，角色死命尖叫、淒厲哀嚎，宛如在耳邊。雖然我沒看過影史鉅作《教父》，可是論砍脖子的橋段，這部電影才是上乘之作——而且女主角很漂亮，確實「超讚」。當電影結束、螢幕上黑色片尾開始捲動，我呆坐在電視機前面好幾秒。

這根本是新世界。

世上竟然存在這種驚世駭俗的電影！

雖然是恐怖片，但超讚的畫面也是不在話下、精采絕倫！

這一刻，曾經懵懂無知的休學國中生已經消失，儼然成為開啟潘朵拉盒子的少年。嘗到禁果的滋味太過誘人，讓我無法抗拒。隔天，我馬上到出租店租了第二集與第三集（當然也遵守了基本規則，夾了兩部新片），我一樣蹺課在家看完兩部電影。雖說就算涉世未深的我也能看出續集的編排不如首集那樣撼動人心，但無論如何，我都遇見了影史上最知名的恐怖殺人魔之一——「傑森」。（傑森真正登場殺人是在第二集，而他到第三集才戴上眾所皆知的曲棍球面具。）他提著刀、戴著面具，神出鬼沒，四處大開殺戒，這種以當時來說相當罕見的人物使我深深著迷。傑森不只用刀子取人性命，還活用各種工具武器，從斧頭、弓箭到電鋸等等，熟練地運用這些器材，用各種創意手法殺死少男少女，尤其是正對性愛充滿好奇、躍躍欲試的青少年。影迷之間常戲稱傑森從沒交過女朋友，才會出於忌妒或惱羞成怒，大殺四方地把這些沉浸在歡愉中的男女一個個殺掉。當然，能進一步看出電影寓意的人就會知道，那個戴著面具的殺人魔傑森也代表了當時父母的化身，他們試圖透過恐怖電影告訴正值青春期的孩子：如果你們濫情或不知節制，就會死掉！

不過當時的我沒有如此的宏觀心態，無法看透電影的寓意，只是單純享受著恐怖電影帶來的快樂。我喜歡傑森揮舞著手上武器帶來的痛快，還能不時看到漂亮美麗的女主角做各種清涼打扮（都說是超讚的電影了！）無論出自何種理由，我都熱愛《十三號星期五》系列電影。若要我本著良心發誓講出真正原因，我絕對能信誓旦旦地表示，除了傑森再無別人。原本被現實埋沒的恐怖迷基因此刻再度活絡。電影續集到了第三和第四集時，能明顯看出許多疲弱勉強之處，電影的走向已從恐怖（色情）電影，變成了恐怖（喜劇）電影，也是因為《十三號星期五》，我才知道原來恐怖又血腥的電影也有能讓人捧腹大笑的橋段。

那麼，面對重新被喚醒的恐怖迷基因，我該怎麼餵飽它們？這個簡單的問題只有一個答案：「看電影」——而且是B級恐怖片。我已經看完《十三號星期五》的所有續集，若要填滿內心渴望，就必須找尋其他的片。我對於去出租店租借未成年者不宜觀賞的電影已經做得行雲流水，老闆雖看出我的年紀，但除了真正的成人電影以外，他都會讓我無礙租借。所以我灑脫抛開租片時夾在新片裡的基本規則，只專注探索恐怖電影區。很快地，我發現了另一個寶藏，就是《半夜鬼上床》（*A Nightmare on Elm Street*）系列！那個帶著鋼刀手套的真男人，佛萊迪！

單從電影海報，佛萊迪就足以讓人起一身雞皮疙瘩，那張被火灼傷的臉加上邪惡奸笑的表情，好似你如果不租他回家，他晚上就會直接來夢裡找人算帳。若說傑森是偏向傳統模式的殺人魔；那麼佛萊迪就是穿梭於夢境與現實的奇幻殺人魔。佛萊迪帶著憤恨被活活燒死後，變成出現在人類夢境裡屠殺噬血的怪物，這點而言和一般的復仇鬼魂很類似。（雖然，在傑森的角色設定，他也是屬於會不斷復活的人。）佛萊迪電影劇本設定為：如果人在夢裡被殺，那麼現實生活中也會跟著喪命。片中大部分虐殺環節都是在夢裡發生，所以擁有許多超現實的死法及元素，例如血漿的量多至能淹沒房間等等。我很享受看佛萊迪系列，因為不只是死法有趣，對白也很引人入勝。大多數的殺人魔都是沉默寡言的個性，佛萊迪卻喜歡在殺死角色前來個幾句玩笑話或冷嘲熱諷一番，這種設定完全正中我的喜好。

傑森與佛萊迪可說是我那個時代所有恐怖迷的「英雄」。這兩名殺人魔帶來的雖不只是恐怖和血腥，可是也不代表透過這類的電影能得到什麼偉大訓誡。不過，因為這兩部電影，我了解到「恐怖」能轉化為內心的「暢快」。更甚，還能夠帶來歡笑。他們的存在讓幼小的我稍稍緩解了面對考試的壓力與憂鬱，雖然每次看電影都要蹺課，不過因為有了它們，我才能順利度過那情緒不穩、又難以向他人傾訴的青春期。我內在原有的憤怒、挫折、失敗、憂傷，在看著傑森和佛萊迪的電影時皆能一掃而空。以當時我身處的環境與位置，其實隨時都可能變成酗酒鬧事，走上歪路的中輟生。但因為遇見了他們，讓我健全地（？）度過應考階段。

恐怖電影的世界之大，除了這兩部系列電影，我遵從大哥的建議，也看了《月光光心慌慌》（*Halloween*）系列——這才是恐怖電影的鼻祖！鼻祖中的鼻祖！不只這些，他還推薦了《養鬼吃人》（*Hellraiser*）、《瘋狂殺手》（*Maniac*）、《幽靈人種》（*Re-Animator*）、《鬼追人》

（*Phantasm*）等恐怖影史上的經典名片，徹底打開我的眼界。原來恐怖電影如此幅員廣闊，除了殺人魔的恐怖片，還有喪屍系列，更有靈異驚悚類型。雖然看似是以各種武器又砍又殺，卻各有不同趣味存在。我還看了喪屍的經典之作《芝加哥打鬼》（*Return of the Living Dead*），這部作品完整呈現恐怖和喜劇確實是一線之隔的銅板兩面。《鬼玩人》（*Evil Dead*）為承襲這種黑色喜劇幽默的電影，我也接連看了兩部，嚇到一半想笑、笑到一半又害怕……

《十三號星期五》每個幾年就會推陳出新，續集的片名也越來越長，大部分的劇情都很牽強，甚至傑森還曾在被閃電擊中後跑到宇宙的太空船上殺人，諸如此類的神展開橋段。這段期間，我考過高中的升學考試，一路上雖沒有同儕的陪伴，卻有傑森跟佛萊迪，即使這些電影續集再怎麼力不從心，我還是會把它們看完，喜歡柯波拉的大哥不知從什麼時候開始不再上補習班，我們也失去聯絡。在那之後，我有好一段時間好奇這位恩人的消息。因為經常去出租店租恐怖電影，因此和老闆成了能討論電影的熟識關係。過了很久，二〇〇四年，《十三號星期五》的第十一集盛大上映，副標題是「佛萊迪大戰傑森」——沒錯，這兩大殺人魔竟然聯手登臺殺人，我二話不說，進了電影院觀賞，雖然電影一如往常品質低下，我仍看得津津有味。能夠看到這兩個經典人物在同一個世界觀出現，就是令人開心的事。

我愛的恐怖小説們

因為提前考過升學考試，我比同屆同學還早拿到高中畢業證書，別人在學校窩了三年，我只用了一年就考過考試，剩下的時間用來玩樂應該也不為過。不過即使有了許多閒暇時光可玩耍，我卻都用來鑽研小說世界和看電影，與以往不同的是，我多了聽收音機的興趣。我會將收音機開著聽一整夜，直到入眠。廣播電臺經常在晚上撥放電影配樂，也會討論許多與電影相關的知識，因此我喜歡沉浸在這些聲音之中。另外，我也終於運用時間看了《教父》，還看了查克．羅禮士及范達美主演的電影，果不其然深陷其中，雖然正值對黑幫、武術、打鬥等片感興趣的年紀，原先喜歡的恐怖片也沒有停歇，在此時補足了經典之一的《鬼娃恰吉》（*Child's Play*）。恰吉的恐怖風格有別於傑森與佛萊迪。那個年代的恐怖電影可說是大放異彩，不受任何題材或時空限制，我每天滿足地餵飽內心深處對於恐怖的渴望，也在那時產生了是否該成為恐怖電影導演的想法。

不過這個想法很快就消滅，當時該做的是思考大學何去何從。況且家裡的情況比之前更惡化，所以我將眼光放在如何賺錢之上。以同齡年輕人來說，大多時候打工分成三種：速食店、加油站、咖啡廳。這三項工作都必須耗費大量的時間，卻只能賺取微薄的薪水。我沒有那麼多的時間能浪費，需要的是用最少的時間換取最多金錢的工作。這類型的工作無論是現在或以前都一樣，不是會弄得一身髒，就是很危險——亦或是又髒又危險。

我做過的打工項目甚至寫成一本書都綽綽有餘，言下之意即是沒有我不曾嘗試過的工作。其中特殊罕見、骯髒腥臭又有生命危險的更是占大多數。我幾乎只找那種工作來做，因為能賺得更多，即便那種工作給一般人「可怕」的印象，我也毫不在乎。我從小就比誰都清楚，世界上最可怕的東西是貧窮，所以我能毫無猶豫地躍身投入那些恐怖又危險的工作。在這之中，有一項工作吸引了我的注意，那堪稱是恐怖打工中的最高境界，就是「擦拭屍體」。

擦拭屍體稱得上百年難得一見，是只存在於大家口耳相傳的工作，單是存在就是一樁都市怪談，沒有人真的做過，只有聽說，以及更多的聽說。大家形容起來不外乎四處漫溢的刺鼻藥水味，有時屍體還會突然蹦起，更多時候屍體的狀態不佳，血肉模糊的屍塊讓人不知道哪裡是皮膚、哪裡是組織。這項工作雖充斥著各種說法，但唯一的結論就是薪資很高。不過，擦屍體太過高風險，我身邊沒有實際參與過的人，所以我從未聽過真實經驗。就算如此，我仍覺得自己能夠勝任。每當看著傑森、佛萊迪或是恰吉的殺人行為，我可以連眼睛都不眨一下。雖然我體弱多病，但膽量絕對不輸人。自小長期接觸恐怖題材的我面對死人又算得了什麼！只要能找到這份工作就好，只要我能找得到……

不久，我面臨非常拮据的時期。為了上大學，我必須先到補習班進修，扣除上課時間外我剩餘的時間已經不多，因此要賺到能支付開銷的錢，就必須做既危險又骯髒的高薪工作。我再次將目標轉往擦拭屍體的打工，經過許久考慮，我決定直接到醫院設置的太平間表明要應徵——我可是十四歲就鼓起勇氣租借未成年不宜觀賞影片的人，沒有人能阻擋得了我！然而相對來說，我也已沒有退路。

家附近步行約三十分鐘的距離（當時我的交通工具就是雙腿）有一間綜合醫院，經過幾次實地考察，我確定太平間位於地下一樓。因為我經常出入醫院，也常住院、看病，相當熟悉醫院的地形與氣氛。就是那裡沒錯！我要直接往那裡去！我這麼對自己信心喊話。

某個星期三下午，我自然而然（**不可以怕！**）走進醫院，謹慎地從樓梯走向地下一樓，但問題馬上來了：通往太平間的入口處有一扇關著的大門，空盪盪的走廊一個人也沒有，我該怎麼辦？我呆站在門口躊躇了好一陣子，不過站在原地也不會有解答，既然都來到了這裡，就不能空手而回。我推開那道厚重的門，小心翼翼往內探頭看。有個老頭坐在書桌前，皺著眉用力盯著我。

「喂，這裡不能隨便進來，給我離開！」

依據老頭的反應，我確定自己找對了地方。

我無視他的警告，逕自走進門內，老頭從椅子上起身走向我。（**不可以怕！**）

「我是來應徵工作的！」

我急忙丟出一句話。老頭停下動作，上下打量著我，彷彿武林高手初次見面、無聲以眼神試探對方實力的姿態。我挺直腰桿、繃緊肩胛骨，刻意擺出三七步，做出這根本算不了什麼的模樣。然而，如果早知道會有這種氣勢對決的場面，我就嚼個口香糖再來了。

「應徵什麼工作？」

老頭子，你別說笑了，明明知道的啊。

「擦屍體。」

「哈啊！」

老頭還真的從口中發出「哈啊！」二字，既不是真的發笑，也不像是感嘆，以我當時的認知，聽起來更接近不置可否。我察覺到態勢似乎會漸漸走向對我不利。因為如果順利，當我一講自己是前來應徵工作，他應該會馬上出聲讚嘆，說我怎麼這麼小就勇氣過人，剛好自己缺人手，隨即歡天喜地讓我上工。可是眼前的氛圍並非如此。他直盯著我，用極其小聲，像是自言自語的音量說：

「還是第一次有人直接找上門。」

老頭的表情瞬間從武林高手相互較勁，變為想方設法趕走眼前小鬼的模式。我見狀急忙應聲。

「我真的可以，請讓我做，我想做這份工作，我會好好表現的。」

「你幾歲？」

「十八。」

其實是十七歲。

「你看過死人嗎？」

在電影裡看過好幾次。

「小子，你做不來的。」

我連嘗試的機會都沒有就被否定，簡直是對恐怖迷自尊心的一大挑釁。老頭，你可知道傑森和佛萊迪的系列電影裡總共死了多少人嗎？我可是一一親眼目睹那些人的死狀喔！

「我一點都不怕。」

老頭又盯著我看好一陣子，爾後轉身背對我，舉起手揮了揮，示意要我過去。我馬上快步跟上他。

「原本是不可以的，不過看你講得頭頭是道，我讓你看一下——但你不能把在這裡看到的事情說出去，而且也不准尿褲子。」

他最後那句話還是特地轉過頭瞅著我說的。

我們經過走廊，又穿越一道門，實驗室裡會有的那種化學藥味入侵我的嗅覺。這個空間活像座倉庫，牆旁堆滿雜物，擺了好幾張不銹鋼製的床位，角落還有座大冰箱。一踏進這裡，我馬上感受到一股寒意。不過我知道這裡還不是我們的目的地，旁邊還有一間房間，那裡才是電影裡出現過的場景——堆滿一個個冰櫃的房間。

老實說，當我踏進第一個房間就開始發抖。這整個空間瀰漫一股強烈的壓迫感，氣味相當刺鼻，最重要的是，老頭展現出與剛才不一樣的姿態。他一進到房間，就變得格外警惕，當來到最後一個房間，他對我說。

「你絕對不可以告訴別人，一定不可以！」

我點點頭，可是已經暗自決定我非說出去不可。我可是打遍天下的鬼故事達人，如果真的能靠擦屍體打工，說不定能賺飽好一陣子的生活費，甚至上了大學還能到處炫耀。我如此精打細算，怎麼能錯過這種好機會。

我們走進最後一間房間，單從空氣就能感覺到不尋常的氛圍，室溫之冰冷，讓人狂打寒顫，消毒水的味道又更加強烈。老頭看著我，用筆墨難以形容的神情直視我的雙眼，我分不清他是讚賞我竟然有勇氣能走到這裡；還是躊躇到底能不能讓小孩子看見接下來的景象。現在的我回想起來，應該是後者。

牆上列著好幾個冰櫃，他將手放在其中之一的把手，揮手要我靠近點。我走過去——不對，是想要走過去——可是雙腳不聽使喚，彷彿膝蓋以下已失去知覺，我這才發現自己渾身顫抖。怎麼會這樣？我不是個不會感到恐懼的恐怖迷嗎？可是多年後我才明白，那是人類最原始的本能。當人類面對死亡，是無法不恐懼顫抖的。尤其當時還是我人生中的第一次。

我瞪大雙眼，看著老頭，老頭用眼神示意，嘴角露出一絲訕笑，緩緩地、極慢地拉開冰櫃。嘟嚕嚕嚕，一股寒氣竄流而出……

我看到了腳。

腳後跟，與幾根腳趾頭。

屍體表面是黯淡無光的土黃色，用眼睛一看就能知道它僵硬無比，那已不是屬於這世上的東西。

我到達了極限。

我轉身奔跑，沒有尖叫，因為若是張嘴，應該會先嘔吐而非尖叫。我緊緊摀住嘴巴，眼前一片天旋地轉，雙腳發軟。我從一層又一層的房間逃出去，最後靠在走廊牆上，癱坐在地。我錯了、我錯了——我腦中只有這個想法——我錯了。我不知道在對誰認錯，總之只能不斷道歉求饒。

老頭走到走廊，將我扶起來。我的雙腿依然無力，但至少還能站。老頭的手仍舊冰冷。

「這不是一般人能做的工作，如果有人說他做過這種打工，都是騙人的。這種工作沒有打工。因為你還小，所以不懂，這種工作根本徵不到人。不過徵不到人也好，代表沒有新人會受苦。這都是從事這個行業很久的專業人士在做的，懂了嗎？」

其實我當下聽不懂老頭在說些什麼，但我只知道一件事，活在這個世界上，不能憑著一股傻勁就自以為了不起。

啊！還有一件事——就是電影與現實不同。

（*Watchers*）也令我愛不釋手。那時我才學到這類的小說稱為「驚悚小說」。史蒂芬．金則如前篇所提，我從中學、在他的譯名尚為「史提森．金」時就認識這位作家，第一次接觸他的作品是在中學的圖書館裡借的《撒冷地》（*Salem's Lot*），因為那本作品，我深深陷入吸血鬼的魅力。圖書館還有「史提森．金」出版過的短篇小品。我的天哪，一本精簡編裝的小冊子竟然能裝進那麼多可怕事物，如果成為小說家，我不用刻意成為捉鬼獵人就能接觸世上所有恐怖題材。於是乎，成為小說家的夢想又悄悄被點亮。這兩位名作家的作品都相當優秀，但是如果必須選出一位，我更喜歡史蒂芬．金的恐怖風格。當我讀到《狂犬庫丘》（*Cujo*），這樣的想法更加篤定。史蒂芬．金只憑一頭瘋狗就能寫出一本精湛又驚悚的小說，太令我崇拜了！

那年夏天，去完太平間不久，我手上的小說剛好是史蒂芬．金的《魔女嘉莉》（*Carrie*）。《魔女嘉莉》雖是他的第一本作品，我卻相對晚才真正看完這本小說。由於當時沉寂已久的頭痛再度纏上我，不定時發作的病症讓我無心念書，尋覓打工也屢屢不順。或許，正因為生活遇上困境，也更無心思從小說的字裡行間找尋快樂。因此，當我第一次租借《魔女嘉莉》，只看了前面幾頁就還了回去。原本為了好好念書而到圖書館，卻只能躺在躺椅上打盹。（當時）我沒有能訴說心事的朋友，也沒有動力追尋夢想。雖然看虐殺電影能短暫得到一絲慰藉，但也只是暫時。面對茫然的人生，雖知道要上大學，卻只是空想，沒有任何行動。正應該是人生最青春的十幾歲尾巴，我蹉跎著時光，無趣又無力地晃過了一年的時間。

隔年，也是差不多的光景——至少在秋天前是這樣。我偶爾咀嚼著小說，看看電影，不想讀書。然後仍到處找尋更高薪水的打工。偶然之下，一位在教會裡認識的大哥對我提了個誘人的機會。那時正是夏末。

「有一個工作你要不要？不用做什麼事，但日薪很高。」

這份輕鬆又日薪高的工作之所以會找上我，是因為平日有空的人只有我一人。那個工作是到大型活動代理商幫忙載運貨物。秋天是學校舉辦校慶、運動會的旺季，那間公司負責租借大型彩球、塑膠通道、充氣球體等道具，這些道具雖有些學校會自備，但為了保管與方便，大多會向這種專門公司租借使用。

我要做的事就是搭著大哥的卡車到公司倉庫，載運各項道具至學校。校方拿到道具後就是我們的自由時間。涼爽晴朗的秋季，大哥會在樹蔭下閉眼補眠，我則是看小說。跟著大哥去到第三次時，我所帶的小說正是《魔女嘉莉》。我想要再次挑戰這本書。

《魔女嘉莉》篇幅較長，但當我集中精神投入在小說的世界，很快地翻過一頁又一頁。那天從早上到下午不過半天時間，我已經將小說看完一半以上。雖然當天早早就起床預備，疲憊感使眼皮沉重不已，我仍無法輕易放下手中的書。史蒂芬．金真不是在開玩笑！的確是個天才！我一心一意想探究這個擁有超能力的少女會怎麼復仇，但是運動會已然結束，我只好忍痛按捺好奇心，將道具收拾好，綁上卡車，朝著高速公路而去。

我對那天之所以印象深刻，並非因為《魔女嘉莉》太令我著迷，是因為那天發生了一個小意外。固定兩顆充氣大球的線繩鬆落（是我綁的），而卡車正在高速公路上疾駛前進，氣球雖大，但由於材質的關係，輕得不得了。兩顆球鬆脫之後就開始互相撞擊、蠢蠢欲動。當卡車行經地面的某個突起物（我猜是這樣），充氣球就縱身一躍、逃離了卡車，坐在前方的我們渾然不知，直到一旁的車子們不斷對我們按著喇叭。大哥搖下車窗查看，那些駕駛異口同聲地喊道：

「球！」

該死，充氣球早已飛得老遠，大哥用飛快的速度將車停至路旁，我則從副駕駛座跳下，一眼就看到紅球與藍球在高速公路上奮力滾動，迎面而來的車子為了閃避眼前的龐然大物，無不驚恐迴避，慌亂地切換車道。所幸當時沒有發生嚴重事故。我們兩個火速往兩顆球衝去，藍球沒有滾多遠就成功回收，但紅球跑得又比剛剛更遠……總之最後，我們成功救回了兩顆球。可是重點是要把球再次綁回車上。過程中，我和大哥兩人宛如來到了運動會，合力喊出「嘿咻！嘿咻！」同時將充氣球妥善捲收起來。當時頭頂上的太陽格外灼熱，路過的駕駛紛紛搖下車窗，一邊笑一邊圍觀這難得的奇景。充氣球體積龐大，甚至不只一個，得一次收拾兩顆。我們兩個人在路邊與大球奮戰，辛苦弄了好一陣子。

汗流浹背的我們終於將球綁回車上（這次是大哥綁的），癱坐在前座，任由車內空調運轉，陷入好長的一陣沉默。這時，大哥開口說了一句

也說不定。當時我只是在讀完小說後有感而發、暗自猜測。多年後，卻在《史蒂芬・金談寫作》（*On writing: a memoir of the craft*）裡應證了我當時的猜想無誤。既然如此，如果憎恨成了他寫小說的動力，那麼我是否也有資格創作小說？我心裡的埋怨與憤怒沒有能夠宣洩的方向，也沒有對象可說。不，如果真要歸咎於某一個對象，那就是我自己吧！我太過軟弱，並鄙視唾棄無法承受這份怨懟的自己。擋在我面前的那兩顆球太過沉重，而我年紀還小，這世界卻如此高聳巨大。我不禁笑了笑，現在的自己既不是大人，也不是小孩，夾在兩者間的縫隙，使我積累更多的不解和埋怨。那時是我第一次想透過創作將心中的憤怒與怨懟寫成恐怖小說。自從那天，想成為小說家的種子才真正地種在我的心上，比起小時候因為無法解釋什麼是捉鬼獵人，才將「小說家」寫成未來志向，此時我更加認真、更為確信。那天之後，在國道上演逃亡驚魂記的大球與立志成為小說家的夢想，不斷在我的腦海裡縈繞。

只不過，我又花了好長的時間才真正動筆。這段期間，我細細品味了史蒂芬・金的每一本小說，也開始認真讀書。幫我找到道具租借打工的大哥教我打桌球。我每天的日程就是讀書、打桌球、看小說、看電影。當時的我不斷在成為電影導演或小說家間來回猶豫，時而是電影導演的夢想更鮮明；時而是小說家的願望更迫切，那段猶豫的時光相當快樂，是我人生中少數能對未來帶著期望的日子。因為無論選擇哪種職業，都能將我所擅長的恐怖題材拿來運用。那時我也是教會活動中最受歡迎的「大哥哥」，原因當然只有一個：因為我很會講鬼故事，就像小學時講鬼故事給同學聽，每次教會活動，我都會對那些天真無邪的小朋友講述各式各樣的都市怪談。我不再是小學的我，這段期間所閱歷的恐怖電影和小說都成為豐沛的素材，述說故事的能力也大幅躍進。

聽著我生動又縝密的鬼故事，必定有孩子會在故事高潮處大哭或尖叫，為了這些幼小純潔的靈魂，故事結束後我還會與大家一同祈禱……雖然還是有一、兩位在事後嚇得不敢自己一個人去洗手間，一定要老師或朋友結伴出入。看著他們，我找回小時候的成就感。我喜歡看別人因為我的故事瑟瑟發抖的模樣，因那代表我能對他人的情感造成影響，我想要從事能使他人感受到恐懼的工作，那樣的工作除了能帶給我真實的成就感，如果也能賺錢就更加完美了。

不過，人生總是朝著未知的方向發展，因為我們彷彿滾著一顆比「自己」更加巨大的球在行走，這顆巨大的球難以操控，每當它的方向和形式不如我們期盼那樣前進，我們就會不知所措，造成人生中各種不可控的事件。相反來說，正因如此，人生才能踏上未知的快樂與探索之旅。我在偶然中愛上了「詩」，甚至還開始創作。那個時期，柳時和[10]詩人的《即使妳在身邊也思念妳》是必讀詩集，雖然現在回想起來有些可笑，不過我當時對詩擁有滿腔熱血，未來志願的第一名寶座二話不說就換成了「詩人」。然而我寫的詩可說是一團糟，只對喜歡的女生或教會姊姊有用。可是一心一意要成為詩人的我，將孤獨與反抗的思緒塑成鎧甲，隔絕一切與恐怖有關的題材，甚至將史蒂芬·金與其著作視為垃圾，過度投入詩詞世界，甚至還邊看尹東柱[11]詩人的《序詩》邊哭。

我的優點不多，但最厲害的長處就是認清自己的本質與處境。身為貧窮家庭的四兄弟中的老大，認清現實已是家常便飯。我從很小就知道世界

---

10 류시화（1958-），畢業於慶熙大學韓文系，韓國知名詩人。

11 윤동주（1917-1945），詩人，朝鮮獨立運動家，代表作品為詩集《天空、風、星星和詩》。

上有很多事物是一輩子都無法擁有，也是無論再怎麼渴望都無法得到。雖然我深陷對於詩詞的狂熱，依然迅速明白自己一點都不擅長寫詩。說故事與寫詩是截然不同的兩件事。我寫詩能打動女生，但一點也打動不了評審。我知道自己該放下了。就像小時候當機立斷放下成為捉鬼獵人的夢想。我放棄要成為詩人的美夢。將詩人從志願排序中擦去後，我看著電影導演和小說家那幾個似乎有點陳腔濫調的字，再度陷入徬徨泥沼。

這樣無止境的徬徨持續了好一陣子，能夠抓住我的力量果然還是恐怖小說。因為埋頭在詩詞的世界，我已經很久沒有踏進圖書館。那天，我再度踏入熟悉的一角，遇見了改變生命的一本書：《RING－七夜怪談

1》。當時我十九歲，經歷過一次大學升學考試的落榜，家裡狀況更是前所未有的一團亂，媽媽生了場大病，我陷入要先當兵還是繼續考大學的兩難處境。

《RING—七夜怪談1》擺放在新書區的書架下方，乍看還以為是科學研究書籍（副標題寫著病毒），可是它依然迴盪著不尋常的恐怖氣息。書封上的作者欄位是陌生的「鈴木光司」，再加上我對日本小說的不熟悉，種種不安因素在腦海閃過。但這次我決定不再猶豫，馬上借回家閱讀。

那一陣子我都在晚上閱讀小說，家人會在客廳看電視，我則是安靜地獨自在旁沉浸於書中世界，或是躺在床上看書。那天我總共借了三本，先選《RING—七夜怪談1》來看單純只因為它最薄，比較好開始。很多書雖然號稱是恐怖小說，但若是沒有名符其實的恐怖內容，在我心中也只能算是二流，又或許只是想模仿恐怖大師史蒂芬．金的贗作。但當我一翻開，它豁然打破我原先的偏見。當書中少女死掉，恐怖氛圍自紙上溢出、將我籠罩；當傳說中的錄影帶（超讚的錄影帶！）三個字出現在我眼前，宛如按下啟動按鈕，將我傳送進另一個未知的世界。那個世界充滿高張的恐懼。我第一次因為書上的印刷文字感受到前所未有的懼怕，在翻閱的同時，我不由自主數次回過頭，確認身後沒有不該存在的東西，就像真的看了那捲詛咒的錄影帶，某種無法言喻的溼氣彷彿爬上我手臂，真實到我願意賭上財產、保證確有其事。

我在那晚一口氣讀完《RING－七夜怪談1》，中間完全無法停下，鈴木光司所描繪的恐怖世界與史蒂芬．金截然不同。史蒂芬．金的筆觸將整篇故事覆蓋上恐怖外殼，讓人無法逃脫，主角被安插其中，再進而描寫故事走向；鈴木光司卻是將恐怖情況描繪得淋漓盡致，好比用細針一針一線，緊密地將「恐怖」呈現在讀者眼前，讓人成為書中一角。當我闔上書本，甚至大力地拍了一下膝蓋——竟然能這樣寫小說！這世界上竟然有這種方式，能將恐怖情節描繪得絲絲入扣！我所追求的就是這個！那時我全身穴道彷彿被大力打通。若說《魔女嘉莉》是讓我依稀產生「要不要寫小說」的啟示，那麼《RING－七夜怪談1》就是清楚告訴我，該怎麼用小說將恐怖傳遞給世人的具體指標。我眼前的道路突然變得無比明確，恐怖題材就是我最原始又直接的渴望，小說家亦然，儘管躊躇又徘徊，繞路摸索了這麼久，它仍是我最初也是最終的願望。不過，就像一開頭所說，我真的下筆創作小說是在很久很久以後。因為人生裡的那顆球總是難以預測，尤其在十九歲的年紀更是如此。當時我決定先當兵，在軍隊裡，畢竟我無須費心猜測或操控這顆球的去向。話雖如此，我還是在裡頭經歷了更多意想不到的事……

總之，在我心中，未來要成為小說家的夢想已經開始生根發芽，那是我十九歲時最大的收穫。即使接下來會花費漫長不見盡頭的時光去實現這個夢想，但我內心的基石已然穩固，剩餘的挑戰都能迎刃而解。

#《黑暗之家》與403號

二十四歲，我比同齡朋友晚了四年的時間考取大學。這是我在國中二年級第一學期結束後睽違多年重新踏入校園，我比任何時候都緊張不安，整個人恍恍惚惚，展開了大學第一年的人生。我擔心的有兩件事：第一，我不知能否和同學相處融洽。再來則是學費。第一個問題相較之下很快就解決。我的同學都很善良，對我這個已經當完兵才來跟大家一起當新生的老大叔非常友善，畢竟大學已不像童年時期，能用鬼故事吸引大家的目光，在這充滿知性的大學殿堂裡，鬼故事顯得幼稚又無趣。大學時期我用功讀書，堂堂不缺課，上課時特意選坐前排聽講，若有需要上臺報告的作業，我也會毫不猶豫舉手自願（沒有退路，當然要勇往直前！）我認真上進的學習態度成為同學問功課的對象，在學校餐廳吃飯時，我身旁總是圍繞著很多人。問題在於第二件事。雖然我每個學期都用功苦讀，拿到獎學金，但除了獎學金之外，我沒有任何經濟收入。因此，為了平衡生活支出，打工可說是勢在必行。

人是不容易改變的，就算改變也只會是小幅度的改變。我已經嘗過高風險工作帶來的豐厚薪水，對於加油站或餐廳外場等等普通的打工已看不上眼，再加上當兵時經歷過更加危險、骯髒的工作，因此更有自信能戰勝更上一層樓的差事（相較之下薪水也更高）。

我整理一下自己做過的工作：工地粗活、安裝電纜、擦拭摩天大樓外觀玻璃、清掃國小化糞池、照顧癡呆老人——還有天然氣技師——是不是危險中的危險、骯髒中的骯髒？

不知道各位讀者這樣跟著我的人生經歷讀到現在，會不會好奇我大學主修的科系？前半本書絮絮叨叨地講述自己如何深陷小說的世界，想必大學會選擇國文系或文科相關科系吧？錯了，我選擇了經營管理系，而且還是海運方面的經營管理學。讀商科的好處就是好找工作，尤其海運更是擁有專業知識的科系，較易錄取國際貿易公司或大名鼎鼎的海運企業。大學後，我必須盡快賺錢，畢竟我是貧窮人家中四兄弟的……好啦好啦。

雖然深愛著小說，但我明瞭那不是項能當飯吃的職業，即便心懷夢想，我對於現實的超高認知讓我明白，我更應該專注賺錢。因此大學時期，小說只被我歸類在興趣。當時的我認為自己只是發現了一塊三葉蟲的化石，雖然在日後，我才發現原來這塊化石是腕龍，不過二十四歲時的我只是拿了支極小的刷子，才剛刷開這塊化石表面的一小角罷了。我開心地讀著海運系，夢想自己未來將會成為一名優秀的海運人。

讀經營系的最大收穫之一，就是了解效率是多麼重要的事。若是沒有效率，就理當拿去學校前面的大海丟棄。舉例的話，指的就是寫小說——尤其是恐怖小說。寫恐怖小說是連掛在嘴上都極沒效率的「那件事」。重視效率的我要選擇最有效率的打工，運用最少的時間得到最高的報酬，即便危險也沒有關係，因為所得的回報率大大超過可能發生的危險。

那麼，在我做過的打工裡，最危險的打工是什麼？

當然是天然氣技師。

我們學校的圖書館地理位置優秀，窗外隨時有海鷗飛過，不時還會出現在窗邊和人打招呼，整棟圖書館伴隨海風簌簌，時而聽見浪濤聲響，還擁有豐富的藏書能夠探索。不僅有《七夜怪談》系列，史蒂芬．金的新作也會以無可挑剔的速度購入上架。於是我在圖書館裡多了項新樂趣，就是探索新的恐怖小說作家，除了史蒂芬．金、鈴木光司、丁．昆士等，我還想要挖掘其他的寶藏，於是每天大力撒網等待。雖然尋寶不易，不過在這之中，我發現了貴志祐介的《黑暗之家》，那是我在學校圖書館裡捕撈到最棒的寶藏。

我在海鷗會不時出現的窗邊找了個位置坐下來。《黑暗之家》的封面彷彿強烈散發「我就是恐怖小說」的身分，猶如當時瞥見《七夜怪談》，一股確信感油然而生，我對於恐怖小說的直覺又再度降臨，小說的書名也讓我十分滿意——「黑暗」之家。它陰險、幽暗的氛圍不言而喻，彷彿黑暗的屋子裡將竄出凶猛火舌，燒盡任何想擅自踏入的不速之客。我清楚記得那一天的場景。每一次，當我與優秀的小說相遇，那天的種種細節都會深刻浮現在我腦海。當時距離期末考還有幾週時間，該交的報告都交了，下午剛好沒課，我正享受著大學生活裡難得的悠閒時光。

我帶著輕鬆的心情翻開《黑暗之家》——果然！它不是本普通的恐怖小說，這本書集結金融保險、心理學、法醫學，廣泛涵納各種領域的知識，富饒趣味，又極其恐怖。小說裡的惡角「菰田幸子」是一名精神障礙的患者，但追根究底，她也只是一介凡人。她不像嘉莉或貞子身懷超能力，沒有多特別的手段或花招，更沒有成為厲鬼來索命，這樣一個普通人，卻在小說裡成為最恐怖腹黑的萬惡根源，菰田幸子比史蒂芬・金《戰慄遊戲》（*Misery*）裡頭的安妮・維克斯更狠毒痴狂，她所做出的冷血殘酷罪行，使我只能舉起雙手自嘆不如，我猶如化作小說裡的角色。當劇情來到男主角進入黑暗之家，藏匿自己的蹤跡，極力不讓幸子發現自己的緊張橋段，我的額頭也冒出斗大的汗珠，不敢輕舉妄動、呼出氣息。

竟然還有這種驚人之作！

《黑暗之家》徹底點燃我的欲望，同時也奠定我認為世界上最恐怖的存在是「人」的想法。當兵時期，我在兵營聽到無數個怪談與鬼故事，不過最恐怖的仍然是學長與軍中幹部。這當中，最令人髮指的就是被稱為

「瘋狗」的補給官，他的行為舉止完全超乎人類可預測的範圍，心情好時能和你談笑風生，給你數不盡的好日子。一旦變臉，他就會用最難以想像的殘忍手段折磨同袍，看著小說，讓我不禁回想起這號軍中人物，沒錯，補給官感覺也是個精神障礙者。

先前提到天然氣技師是危險的工作，或許有些人會感到意外，它的危險並不在於工作內容。打掃國小的化糞池（要整個人進去池內）可謂世界上最骯髒的工作，擦摩天大樓的玻璃可想而知，有著高度的生命危險，而照顧癡呆老人……嗯，我光是想想都發抖。所以，比起這些職業，天然氣技師的確是較有尊嚴。

我暫時休學了八個月左右，每天開著TICO[12]四處更換舊型的天然氣表，光這樣來看一點也不危險，事實也是如此。只要帶著裝備，任誰都能到府更換天然氣表。不過問題（永遠）都是人，我在做這份工作的期間，遇到了各式各樣的人。而且，只要有設置天然氣表的地方，無論是怎樣不可理喻的位置，我們都要深入其中。有時是黑道經營的私人賭博場，或是企業家會長的別墅，還有男男女女裸著身體、東倒西歪的奇怪小酒館，甚至是滿溢腐爛酸臭味的半地下室房間。在城市的各個角落，我遇見了數不清的奇人異事，其中最令我印象深刻的就是403號房的女子，那是我遇過最危險的人，現在，讓我告訴你們她的故事。

12 一九八〇年代左右韓國普遍使用的小型車。

更換天然氣表的作業會在一個星期前事先貼出公告，因為以前的房子都將天然氣表設置於屋內，所以技師上門前需要先告知屋主。而公寓大樓因為管線配置的特殊性，所以一次更換整座公寓的氣表是最好的。遇到要更換公寓氣表時，從公寓的入口處直到電梯裡，甚至走廊的公告欄和各家門前都會貼滿公告，所以「那個女人」一定已經知道那天我會到訪。

那時是秋天，我在市區內某處小型社區裡更換天然氣表，雖然天氣已經入秋，還是有幾天氣溫甚高，我在沒有電梯的老舊公寓內進進出出，滿身是汗。通常，更換作業會從最高樓層開始往下，我換完五樓的氣表，走至四樓，稍微喘了口氣後，看到下一個目標，403號房。房門沒什麼特殊，只是整座門貼滿了傳單、廣告之類的紙張，我心想：該不會是沒有人在家吧？因為通常廣告傳單都會在進門時一併撕下，就算一時忘記，也不至於累積那麼大量的廢紙貼在門上。於是我內心不禁有些著急，若是沒人在家，事情就會有些麻煩了。我按下門鈴，屋內沒有動靜，我又再按一次，依然無聲無息。於是我轉身邁向隔壁的４０４號房。

「是誰？」

屋內傳出一個女人粗啞的聲音，語調也很特別。「是」字拉得好長，在最後一個字「誰」時突然高亢上揚、然後戛然而止。整句話聽起來就像「是～～**誰！**」不過當時我只單純想到幸好有人在家，立刻隨口回應。

「您好，我來換天然氣表的。」

短暫的空白後，女人再度開口。

「請～～**進！**」

門把轉動開啟，甚至沒發出開鎖的聲音，代表從一開始就沒有鎖上。

這種情形非常少見，我稍微側著頭看向門內，但眼前的場景讓我懷疑自己的眼睛：女人站在玄關，站姿非常奇異，左手插在腰上，右手頂著一旁的牆面，加上……她身穿透明可見膚色的襯裙式睡衣，我馬上意識到自己的處境，趕緊想將門關上。

「不、不好意思。」

「沒關係，進來吧。」

女人對我說道。當然，她的語調聽起來依舊像是「沒～～**關係！**」那樣詭異。

「呃，我下次再……」

「我說了沒關係！」

句尾這個驚嘆號不是因為語氣才加的，是女人講至最後一個字時，真的發出了接近尖叫的尖銳高音，宛若驚嘆號。

既然她都准許了，我也無法婉拒。由於她的態度非常堅決，一副要是我拒絕她，她就會打電話跟公司抗議的模樣，「為什麼你們的技師不換我家的氣～～**表！**」對於技師來說，顧客的抱怨電話是大忌，而且我還獲選為上個月的優良技師，可不能毀了這塊招牌。

「好的，我馬上幫您替換。」

我當機立斷，選擇繼續更換作業，心想趕緊換完後趕緊逃出這裡就好。於是我完全避開與女人對到眼的可能。之所以避開，並不完全因為她只穿（透視）睡衣，而是天然技師的執業法則裡有幾項重點，其中一項就是與女性客人應對時要千萬謹慎小心，再加上那個女人全身上下散發著一股生人勿近的氛圍，雖然難以將她分在不正常的分類中，但至少她有一半以上都落在不正常的範圍內。她的眼神飄忽不定，還有從剛才就格外詭異的語氣，此時此刻更用著全臉肌肉對我微笑，太詭異了。這種種因素加起來，可說是極度危險的信號。

那棟公寓的天然氣表位在廚房瓦斯爐的上方，雖然這是個很危險的位置，但誰都不曾真正在乎過。我挪了張餐桌椅踩在上頭，壓抑著緊張的心情，正式開始更換作業。我關上氣閥，用扳手扭開接頭……

嗒！一個聲響從後方傳來，我轉頭過去看，那個女人拉了張椅子在我的後面，坐在椅子上，穿著那身透視睡衣蹺起二郎腿，死死地盯著我看。這還是我第一次碰到，大部分人不會盯著天然氣技師工作，一方面尷尬，另一方面我們的工作內容很無聊，正常的人不會感興趣。屋主大多會各做各的事，直到技師說聲「好，換完了喔！」才會道聲謝謝，送技師離開。這是都市人既有的默契。

——看來女人與這項默契絲毫沾不上邊（打從穿著透視睡衣迎接陌生人開始就知道了）。女人坐在椅子上，不斷對我拋出各種問題：有沒有女朋友、技師好不好賺、什麼時候開始學做技師、會不會辛苦等等。這些問題其實稀鬆平常，不過每當我回答她，她都會發出「哼嗯～～」這個讓我不明所以的回應，令我精神緊繃。我以飛快的速度結束工作，急忙從椅子上下來。

「這樣多少錢？」

聽到女人的問題，我搖搖頭。

「更換天然氣表是免費的。」

「天哪！免費!?」

當我說完，女人笑個不停——我一點也不知道免費有什麼好笑。我慢慢地往客廳移動。突然，女人抓住我的手臂——那冰冷的感覺我這輩子都忘不了。她的手明明冰冷無比，掌心卻爬滿汗水。我的手臂與她手心貼合之處甚至沾上不少水氣。

「喝杯咖啡再走吧。」

幸好我是擅長拒絕的人。

「我不喝咖啡的。」

「那來杯牛奶？」

「我喝牛奶會肚子痛……」

「我的冰箱還有橘子果汁。」

在女人咄咄逼人又難以推辭的執著發問裡，我感受到「菰田幸子」的即視感。直覺告訴我，無論女人要給我什麼東西，都絕對不能喝下去，裡面一定摻了些什麼！這危險的直覺不斷在腦裡大聲重複。我趕忙掙脫了女人的手（沒錯，她從剛才到現在都沒有放開），急忙轉過身。

「不好意思，我真的很忙。」

「好可惜。」

女人真的說出了這三個字。

雖然我當場想轉頭問她究竟可惜什麼，但我忍住了。我讀過聖經，腦海裡快速閃過羅德的妻子因為不聽勸告、轉過頭變成鹽柱的故事。

我趕緊收拾工具，打開門鎖（剛剛明明沒有鎖上！）打開門，深怕女人會追上我，急急忙忙大步跳到走廊上，頭也不回地奮力關上門才鬆了一口氣。過了好一陣子，我才敢轉頭望向大門，403的數字和門上搖搖欲墜的廣告紙彷彿同聲對我吶喊：恭喜你脫逃成功！

我的二十歲後半幾乎被學業與打工填滿，但我仍在這些填滿的時間縫隙裡一點一滴寫著小說，也差不多在同一時期，韓國陸續出現本土作家所寫的恐怖小說。我在租書店租了柳益漢的《突然有一天》，也在學校圖書館發現李忠昊的《母女鬼》（為電影《筆仙》的原作）。另一本經典《退魔錄》我也讀得津津有味，不過這些都和我理想中的恐怖小說有所落差。讀著韓國小說家筆下的恐怖小說，讓我的心中的創作欲熊熊燃燒（雖然當時我仍認為自己還是三葉蟲），心中雖有熱情，卻不知道該如何著手，我真的有寫小說的天份嗎？我寫著自認為是小說的文字，可是這真的稱得上「小說」嗎？我有些迷惘，單純想著，如果要成為小說家，就必須在新春文藝獎[13]中獲獎才行。所以我在大四下學期非常努力地準備投稿新春文藝獎，不過更努力準備的還是求職。

沒有多久，我順利地找到了一份工作——不是海運公司，也並非國貿企業，而是雜誌社。果然人生總是充滿驚奇！這顆大球滾動的方向就連一分一毫都無法事先預知，我只能認份地滾動著人生這顆球，而我抵達的地方就是位在首爾某處的雜誌社。當時我有些倉促地拿到錄取通知，隨即在下週就要到首爾展開新生活，心情也有些焦慮，最擔心的是房子問題。我看了看存款，實在沒有多餘的錢能繳保證金，因此我直接跳過大量的猶豫時間。沒有錢的我只剩考試院可住。我上網找了幾間在公司附近的連鎖型考試院，就這麼選了一間順眼的。

——那一幕直到現在都讓我印象深刻。當我提著笨重的行李，從列車走下來，踏上首爾站土地的那一瞬間——解放、痛快、快樂、憂傷，還有盤旋在這一切情緒之下的恐懼。這是我第一次搬離原生家庭，雖然我向來生活獨立、不依賴父母，賺錢養活自己，但真正的獨立卻是從這一刻才正

---

13 新春文藝獎，韓國歷史最悠久的文學獎項，由各大報社共同舉辦，旨在挖掘文壇新人，設有長篇小說、短篇小說、詩詞、戲曲、文學評論等獎項。

式開始。因此我很害怕，前一天晚上甚至無法入睡。我坐上迷宮般的地下鐵，在各種顏色相互纏繞的路線之間轉乘了兩次，抵達考試院門前。這間考試院位在一棟五層樓高的大樓，使用的是其中的三、四樓層，三樓是女生樓層，四樓為男生樓層。我打電話到辦公室，負責的一位大哥親自下來迎接我。他體格健壯，深鎖著眉頭——然後話很多。

「你真的來對地方了呢，我比你大很多歲，講話就不跟你客套囉（**我點點頭**）總之你真的來對了。你有多加三萬韓元選了有對外窗的房間對不對？你知道嗎？很多人為了省錢選了無窗房，那些人百分之百會後悔，一個房間有沒有窗戶真的差很多，一旦有了窗戶，採光通風樣樣俱全。不過，你是第一次住考試院對吧？先有點心理準備，別嚇到了。」

大哥講完這一串話，我們就剛好走到四樓走廊（時間點分秒不差，讓我不由得懷疑這是演練許久的結果）。話雖如此，我仍被眼前那一幕嚇得說不出話：這條走廊就連讓一個人經過都要側著身子，整個空間十分昏暗，空氣裡瀰漫臭味是理所當然，這個情景用來當恐怖小說的背景再適合不過——恰好我的背包裡還帶著《鬼店》（*The Shining*）。

「來，進來吧，靠窗的這一側有兩間空房，你選一間。」

大哥的一番話將我拉回現實世界。

「空房是哪兩間？」

「402號和403號，兩間房間的構造都一樣，看你要哪間。」

403號！

那一瞬間我的記憶全部湧上——那名曾在403號房遇見的女子！

真是個令人討厭的時刻。雖然我不迷信，也不相信命運，但那個情況宛如某種無聲的警告，我到訪過的老舊公寓和眼前的考試院有著截然不同的裝潢與構造，此時卻在我眼前重疊著一起浮現。

「請給我４０２號房。」

我沒有片刻猶豫。

「好，我幫你開門。」

在那之後——在很久以後，婚後的我買了一棟別墅，別墅的門牌號碼正好也是４０２號。或許真的是命運也說不定。

不過，剛才我不是在走廊上被眼前的景象嚇傻了嗎？請將那段視為一時口誤，我錯了，真正嚇人的是房間內部才對。當４０２號的房門開啟，剎那間，我的大腦因為太過衝擊，導致無法在當下判定這是什麼情緒，就像有人直接打開我的頭顱丟了顆手榴彈進去……那個房間……根本不像人類該居住的地方。房間一側放了張床，牆上有個報紙半開大小又再折一半的窄窗，書桌、衣櫃，甚至還有電視與冰箱，應有盡有——不過全都擠在一眼就能看完的坪數內。人類到底該怎麼在如此狹隘的空間裡生活？盤據

在我內心的恐懼，似乎化為考試院的一磚一瓦，活生生在眼前現身，說著

嘿嘿，歡迎光臨！

「有點小吧？沒關係，住久就習慣了。」

大哥邊說話邊拍了拍我的背，將我向房內推去，我就這樣踏進在考試院的第一步。我一面整理行李——原先我將《鬼店》放在床上，但由於整個空間看起來太毛骨悚然，最後我將它放進了衣櫥裡——媽媽打了通電話過來，詢問房間怎麼樣，我只能支支吾吾地回答。

「喔，還可以啊，該有的都有，哈哈。」

這是事實沒錯，真的是該有的都有了。

——當然還有一些沒有會更好的東西——

——就是噪音，那些該死的噪音！

我的第一個晚上完全無法入睡。噪音從四面八方竄出，折磨我的耳

膜。我一直以來都與弟弟共用房間，已經習慣他人的動靜。但這些徹夜未停的噪音幾乎讓我發瘋。一整晚不斷有人咳嗽、講電話，還有電視聲，甚至還能聽見放屁、床鋪移動的聲響、奇怪的呻吟……

只不過，在這麼多噪音當中，最折磨我的是呢喃聲。彷彿有人用極低沉的聲音默念著什麼，並且用的是很快的語速，讓人無法聽清楚內容，不斷呢喃。

這聲音就是從隔壁房，也就是403號房傳出來的。

你說這會不會是錯覺？說實話，我由衷希望這是錯覺，可是我的神智清醒，耳朵也將聲音的來源聽得一清二楚。雖然很小聲，但很明確是從

403號房傳來。我星期五抵達考試院，緊接而來的星期一就要到公司報到，如果這種情況持續下去，我大概整個週末都無法入睡。因此隔天一早，我找上了大哥。

「請問……403號是真的沒人住嗎？」

大哥一面吃著炸醬泡麵（雖然只是目測，但那碗很明顯是煮了兩包的份量），一面表示：

「沒人住啊。怎麼了？」

「可是我一直聽到那個房間傳來聲音。」

「是喔！」

大哥若無其事地坐起身，要我和他一同去那間房間。

「現在……聽不到那些聲音。」

「不要緊，交給我來處理。」

大哥深吸了一口氣，走上階梯，我們一同走到403號房門前，然後他伸手轉動門把，門是上鎖的狀態。

「果然是這樣。」

雖然我不明白大哥口中的「果然是這樣」是什麼意思，只是安靜地待在一旁。大哥用鑰匙打開房門。那個房間配置和我的房間一模一樣，分毫不差，完全雷同，大哥站在門口，稍微退後，表示要我睜大眼睛看清楚。

「是空房沒錯吧。」

「但是我真的有聽到聲音！」

「確實有時候會這樣。」

啊？大哥你這話又是什麼意思？

「讓我來解決。」

大哥走進房內，將床墊自床架上拔起。老舊的床墊一被掀開，底下比它更弱不禁風的床架旋即露出——原來翻身時會發出嘎吱嘎吱就是因為這種粗糙空洞的結構。不過我仍不懂床墊和我聽到的呢喃有何關聯。此時，大哥扛著床墊走到屋頂（我在後面扶著），我心中的疑問得到了解答。

「聽說每當有這種事情發生，把床墊在太陽底下曬個幾天就好。真的挺有效的。」

這種方式聽起來毫無科學依據，也不像傳統宗教的巫術，更稱不上迷信，說不定是這間考試院才有的奇怪習俗。我用狐疑的眼神看著大哥。

「你如果再聽到聲音，我會幫你換房間。」他說。

講到這裡，大部分的讀者應該能猜到，我真的自此之後不再聽到奇怪的聲響。雖然從其他房間傳來的噪音依舊干擾著我，但不再有呢喃聲從隔壁房傳出，這件事已超出我的理解範圍，雖然人類在考試院生活一事本身就超越任何邏輯，可是每當人生接觸到全新領域，理解範圍也會逐步擴增，原本認為不可能的事，也會隨著接觸的領域漸深漸廣，能夠一一接納。神奇的是，我以很快的速度適應了考試院的生活。畢竟從小習慣一個人安靜進出，因此也能很快熟悉在噪音中沉沉睡去。在雜誌社的生活也得心應手，此外，考試院到公司只要十五分鐘路程，六點下班馬上就能回家洗澡、吃頓簡單的晚餐，看一部恐怖電影，然後……寫小說。

我打開書桌上陳舊的戴爾電腦，盡情將腦海中的故事寫下——也就是那些恐怖故事。即使我所知的文學獎依然只有新春文藝，但要寫出符合獎項格式的小說文體，真的太令人厭煩了。反正小說就是我的興趣，所以我下定決心只寫想寫的故事。因此，我的小說在這情況下逐漸孕育成形。那些驚悚、詭譎又深度探討人類情感的文章一篇接著一篇誕生。即便文筆還需磨練，但我自認這些自創的故事主軸十分新穎出色。

不久後，我在一個很小的文學獎上得獎，而且還是只挑選短篇恐怖小說的獎項，雖沒有獎金，但有特別的獎品——得獎作品能收錄在那年夏天出刊的恐怖小說集。同時，這也意味者我正式以小說家的身分嶄露頭角。從那時候開始，我察覺自己正在挖掘的化石可能不是小小的三葉蟲（當然，我還沒發現它是腕龍）。小說集出版後，我看著自己的名字大大地印製在書皮上——天哪！這一切都是在考試院402號房發生的。神奇的是，403號房一直都是空房，從未出租過。

恐怖小說，就是最恐怖

恐懼是非常主觀的情緒，雖然悲傷與快樂也都很主觀，但範圍涵蓋更大。例如，當我跟旁邊的人訴說一個悲傷的故事，這個悲傷故事也有很高的機率能感染另一個人。相對來說，人能否感到恐懼，與自身的喜好和成長背景有著很大的關係。因此，我認為恐怖的元素他人並不一定也會感到等量的恐懼。若是將悲傷與快樂譬喻為某種基本的、大家都能收看的無線電視，那麼恐懼就是擁有超過一百多臺的有線電視頻道。舉例說明：我絲毫不害怕鬼魂或怪物，但真的很怕狗和遊樂園的設施——尤其是狗！即使再怎麼嬌小、可愛的狗，一旦靠近我，我仍會退避三舍。我小時候曾被一隻宛如小牛（至少當時在我的眼中是這個大小）的狗追趕。不過，當我對其他人說起自己怕狗，都會被大家恥笑，說一個恐怖小說作家怎麼會怕狗呢？因此，我所恐懼的是狗，也有人會怕植物，甚至有人怕棉花糖！所以不會怕狗的人如果看了《狂犬庫丘》，一定也無法切身感受犬類帶來的恐怖。

自創作以來，我苦惱的是該如何瞄準讀者喜歡的恐怖頻率。我不斷思索著市面上的經典恐怖作品，想著那些赫赫有名的恐怖大師，當初我是怎麼精確且正中紅心地感應到這些恐怖頻率的呢？

韓國文藝界的「恐怖類型熱潮」只維持短短幾年就退燒，曾活躍發行的恐怖小說漸漸消失在書架上，電影也只能籌到低成本的製作資金，其成果當然是不了了之。這樣曇花一現的理由有幾個，其中最關鍵的就是無法抓準觀眾所渴望的恐怖頻率。觀眾大喊：「我們想要看遊樂園裡的棉花糖化身恐怖怪物、攻擊人類！」業者卻放出一些感染狂犬病的聖伯納犬給觀眾看，當然不會有人買單。

有一天，我和一位作家前輩小酌幾杯，他有些微醺後這麼說道：

「不管我們寫得再怎麼驚悚恐怖，都贏不了柳永哲。」

雖然柳永哲[14]於二〇〇四年被逮捕到案，但那之後，關於這位連續殺人魔的恐怖傳說不斷在全國各處流傳。電影《追擊者》以他的故事為原型，上映後在韓國掀起一陣恐怖熱潮，不知道有多少人陷入恐懼，要是按門鈴好幾次卻沒有人應門，說不定會在開門後看到自己的親友躺在血泊之中。因此，《追擊者》剛好抓住了大多數觀眾喜愛的頻率。《追擊者》雖是以懸疑為宣傳方向，仔細看內容就能看出它是典型的恐怖電影。電影大賣後，造福許多相似小說與電影頻頻發行，也有許多優秀的作品經過翻譯，在他國上市發行。不過這些作品都主打驚悚（Thriller），或是懸疑（Mystery）——懸疑二字不管放在哪種類型的作品都算百搭。對於忠心耿耿的恐怖迷（Horror）而言，多少還是有些落寞。明明電影的內容是恐怖類型，對外的行銷卻無法以恐怖之名大肆宣傳。

很快地，恐怖類型的作品陷入無止境的低迷時期。雖然史蒂芬・金還是不斷撰寫新作，但像是鈴木光司或貴志祐介，就紛紛轉向發展其他類型的小說。這段期間內，我發行了《夜晚的說故事者》。這是一本匯集許多短篇故事的選輯，裡面有著孤魂野鬼、吸血鬼、裂口女等等，集合了我童年時期喜歡過的恐怖要角，也都是小學時告訴過同學的故事。那年仍有幾位恐怖小說家努力對恐怖類型作品進行心肺復甦，不放棄最後一絲希望。當年我的小說雖然賣得還不錯，但接著的下一本小說就沒那麼幸運。即使那樣，我還是大膽地過著全職小說家的生活。熱於挖掘的我發現了遠比三

14 韓國史上最震驚社會的連續殺人犯，於二〇〇三年至二〇〇四年間作案，殘忍殺害至少二十名無辜老百姓。

葉蟲更加巨大的恐龍骨頭，在寫小說的過程，我驚覺自己對於小說的熱愛遠超自己想像。

有一次和編輯吃飯時，他問了我：

「你想好下一本書的主題了嗎？」

每當他這樣開口，我的興奮之情就溢於言表。

「想好了：大學生前往一個只有老人居住的隱密小島，突然出現發狂的喪屍……」

「又是恐怖的？」

雖然喪屍是否歸類於恐怖類型至今仍是議論紛紛，我還是點點頭。

「不行啦，現在恐怖小說很難賣。」

哼，我也知道。

「還是：在一個鄉下的小村莊，有一隻水鬼……啊，這也是恐怖，哈哈。」

「沒有其他的嗎？」

「那麼：主角不是來除鬼，而是來傾聽他們的苦衷……」

「我要別的。」

「……在考試院的空房，傳出人聲……」

我費盡心思構想的主題都被否決，因為我的腦子裡裝的都是恐怖事物。這其實也不奇怪，我的啟蒙開關就是恐懼，理所當然會結成恐懼的果實。

「恐怖小說的熱潮已經過去了，現在要寫懸疑小說才行，以後大概也沒有出版社會想賣恐怖小說了。」

那位編輯的話完全應驗，沒有出版社想出版恐怖小說，就連寫恐怖小說的作家也消失得無影無蹤，大家都放手退出，連最後的心肺復甦也放棄。即使人擁有夢想，但必須面對的卻是現實。曾與我一同撰寫恐怖小說的作家也都陸續拓展其他類型的小說，這是身為作家唯一還能活下去的路。我也曾在某一陣子放下恐怖小說，轉而創作懸疑推理，甚至還寫了科幻類型的作品。雖然不是恐怖小說，我還是很享受創作的過程，畢竟能繼續寫小說本身就是一件值得慶幸的事。再者，跨越到其他領域時，看著該領域類型的小說家與出版社疾呼這個領域快要賣不出去、哀號不斷，也相當有趣。近幾年書籍市場本來就逐步萎縮，各個領域的發展遭到壓迫是不可避免的現象。然而，對於真的已經連最後一口氣都沒了的恐怖小說家本人我，這都只是無病呻吟罷了。

我發行第一本長篇小說後，接下來好幾年的時間，對於恐怖類型的作品只能懷抱渴望，並不得已寫起其他類型的小說。不過我仍喜歡看恐怖電影，也有幾部讓我印象深刻的優秀作品。但是，即使拍得再好，在韓國還是乏人問津，市場確實地迎來了恐怖類型作品的乾旱期。即便有幾本日本的恐怖短篇小說出現在書架上，都比不上當年的《RING－七夜怪談1》和《黑暗之家》。史蒂芬・金的小說雖仍活躍，但是已經鮮少看到鬼魂或幽靈的存在。看來西洋也出現相似的問題。

然而，此時一部對恐怖迷而言可說喜逢甘霖的電影盛大上映。

那就是《厲陰宅》（*The Conjuring*）。

這部電影我到戲院看了兩次，一次與友人一起，一次是我獨自觀看。《厲陰宅》是恐怖電影中典型的「鬼屋電影」——一個幸福快樂的家庭搬到一棟鬧鬼的房子後，孩子率先發現房子的異樣，然後發生一連串難以解釋的恐怖事件。鬼屋電影從一九六三年《鬼入侵》（*The Haunting of Hill House*）開始（揚．德邦特〔Jan de Bont〕在一九九九年翻拍的版本真的很難看）至史蒂芬．史匹柏監製的《鬼哭神號》（*Poltergeist*）及《毒鑰》（*The Skeleton Key*）等電影，都展現出鬼屋電影歷久不衰的趨勢，在在演繹出鬼屋經典的元素，而《厲陰宅》正是奠基在此經典元素上，用更能引領觀眾進入恐怖世界的手法拍攝出的電影。往後幾年，雖然相似的電影輩出，卻都比不上《厲陰宅》的恐怖等級。最重要的是，這部片再一次成功促使恐怖熱潮席捲全球！

身為一個徹頭徹尾的恐怖迷，看完《厲陰宅》後內心的渴望必然重新被點燃，我當然也是這樣。我血液裡沉睡的恐怖細胞重新受到啟發，原本垂死的恐怖題材又看到一絲曙光，我身邊的作家個個摩拳擦掌，此時此刻，正是搭上熱潮、給恐怖類型注入生命的時候！與我志同道合的作家紛紛投入恐怖小說的創作，因此我也不能輸。《厲陰宅》為西洋式的恐怖故事，我發誓要運用水鬼題材，創造出東方特有的恐怖世界。

只不過，現實生活中的許多因素使我的創作進度陷入膠著。我非常著急，感到其他作家很快就會搶先發行優秀的恐怖小說。

我心急如焚，家人也跟著我一起。幾番等待後，我創作出一部長篇小說，帶著它四處拜訪出版社，最後終於簽訂合約，也敲定了出版日期，令我感到萬般欣慰。在即將來臨的夏天，我總算能夠躋身恐怖小說的市場洪流。光是這件事就很讓人驕傲。恐怖迷！全都聽令起身吧！書店集合！

當時我寫下的就是《漩渦》一書。故事發生在純樸的鄉鎮，主角則是一名水鬼。在寫小說的過程裡雖然心急，卻是十分快樂的創作過程。

……不過情況似乎有點奇怪。其他的小說呢？無論我怎麼找，都不見其他恐怖小說的蹤影。我開口詢問其他的小說家——**你們的新作品在哪**

裡？那些應該要讓讀者全身發顫、背脊發涼的小說，什麼時候才要上市？

但我得到的答案只有一個：

「恐怖題材真的結束了。」

什麼！難不成我所盼望的春天都只是虛幻的泡沫……？不過我還是懷抱著最後一絲希望，認為說不定自己的小說可以賣得很好！如此一來，或許我就能重新點燃恐怖迷眼中的亮光……

《漩渦》雖是我很有自信的作品，卻賣得不好。我抱著厚重的小說思索，或許恐怖小說真的到此為止。《漩渦》出版後有**少數**讀者不斷鼓勵我，希望我能繼續寫恐怖題材的小說。**我當然會，哈哈**。我對他們笑著點點頭，內心卻流下淚水。

我也曾遇過讀者對我說：

「全作家，如果我跟身邊的人說自己喜歡恐怖小說，大家都會用異樣

Trans+

Trans+

我的下一部作品——果不其然——也是恐怖小說。這次的書雖加入推理情節，主軸仍圍繞著恐怖題材打轉。如今累積多部作品的我如果跟別人介紹自己是小說家全建宇，大多時候已經能得到這樣的回答：「啊，是寫恐怖小說的那位作家嗎？」我的起步只是個喜歡讓別人感到恐懼的小孩，不知不覺中，竟成為了一位能創作小說的作家。我期盼自己訴說的恐怖環節能使人從中得到快樂（就和小時候的我一樣），甚至搞不好能因此得到生命的領悟。我帶著這份快樂與責任感，繼續鑽研恐怖小說。另一方面，我寫恐怖小說並不單純因為對恐怖題材的責任心，是因為這件事真的很有趣，宛如前言所提出的肉麻形容，我是真的「愛死了」恐怖題材。

恐怖題材著實反映當代的環境，因此恐怖類型有著存在的必要。不過這並不是我在這本書想要探討的事。比起用學術的方式講述，我更喜歡身體力行，以生命投入於推廣恐怖，因為這是我表現愛意的方法，也是我面

後記

原本不知道該寫什麼，深怕這本書的內容會淺薄無趣，殊不知越寫越多。果然，在講述喜歡的事物時無論講多少都顯得不足。那麼，在這本書的最後，我希望再跟各位讀者分享幾點。

首先，能將這本書從頭看完的讀者，你們一定深愛著恐怖題材，亦或是因為我的文字而對於恐怖題材起了興趣，但是無論是哪一種都沒關係，我希望各位都能坦盪盪地面對恐懼之事，同時也別對自己喜歡的恐怖題材感到羞愧。

恐懼是理所當然的。從另一個角度來看，這是一件很勇敢的事。人類必須經常面對自己內心的恐懼，才能感受到戰勝恐懼的快樂。有時，生命中的恐懼也是你的指南針，對我就是如此。想必，讀到這裡的讀者都能察覺，我人生旅途中的轉捩點都有極大的恐懼事件替我指引方向。

因此，若是我們能認同這份恐懼，身在其中、感到享受，一定就能獲得快樂。

雖然講起關於恐懼、關於我所熱愛的事物，我完全可以繼續滔滔不絕，不過在這裡劃下句點是最好的選擇。講得過於冗長將致使無聊乏味，如果我的內心還留有對於恐怖題材想訴說的愛意，我會將其化作更好的恐怖小說，呈現給各位。

最後，我想對於向我提出本次提案，讓我能有空間講述「恐怖」的書海出版社致謝。因為有書海出版社，才有這本書的誕生。此外還有能讀到這裡的你。我想要向你說聲謝謝，我希望你能喜愛這本長長的情書。那麼，我就在此告辭，繼續去創作小說了。

國家圖書館出版品預行編目 (CIP) 資料

我是恐怖小說家：和鬼故事一起成長的歲月／全建宇著；莫莉譯 . -- 初版 . -- 臺北市：小異出版：大塊文化出版股份有限公司發行 , 2022.06

面；　公分 . --（SM；32）

譯自：난 공포소설가

ISBN 978-986-97630-8-0（平裝）

862.6　　111004959

Trans+

Trans+